Tucholsky Wagner Zola Scott Sydow Freud Schlegel
Turgenev Wallace Fonatne
Twain Walther von der Vogelweide Fouqué Friedrich II. von Preußen
Weber Freiligrath
Fechner Kant Ernst Frey
Fichte Weiße Rose von Fallersleben Richthofen Frommel
Engels Fielding Hölderlin
Fehrs Faber Flaubert Eichendorff Tacitus Dumas
Feuerbach Maximilian I. von Habsburg Fock Eliasberg Zweig Ebner Eschenbach
Ewald Eliot
Goethe Vergil
Mendelssohn Balzac Elisabeth von Österreich London
Shakespeare Dostojewski Ganghofer
Trackl Lichtenberg Rathenau Doyle Gjellerup
Mommsen Stevenson Tolstoi Hambruch
Thoma Lenz Hanrieder Droste-Hülshoff
Dach Verne von Arnim Hägele Hauff Humboldt
Karrillon Reuter Rousseau Hagen Hauptmann Gautier
Garschin Baudelaire
Damaschke Defoe Hebbel
Descartes Hegel Kussmaul Herder
Wolfram von Eschenbach Dickens Schopenhauer Rilke George
Bronner Darwin Melville Grimm Jerome
Campe Horváth Aristoteles Bebel Proust
Bismarck Vigny Barlach Voltaire Federer Herodot
Gengenbach Heine
Storm Casanova Tersteegen Grillparzer Georgy
Chamberlain Lessing Langbein Gilm
Brentano Lafontaine Gryphius
Strachwitz Claudius Schiller Kralik Iffland Sokrates
Bellamy Schilling
Katharina II. von Rußland Gerstäcker Raabe Gibbon Tschechow
Löns Hesse Hoffmann Gogol Wilde Vulpius
Luther Heym Hofmannsthal Klee Hölty Morgenstern Gleim
Roth Heyse Klopstock Kleist Goedicke
Luxemburg Puschkin Homer
La Roche Mörike Musil
Machiavelli Horaz
Navarra Aurel Musset Kierkegaard Kraft Kraus
Nestroy Marie de France Lamprecht Kind Kirchhoff Hugo Moltke
Nietzsche Nansen Laotse Ipsen Liebknecht
Marx Lassalle Gorki Klett Ringelnatz
von Ossietzky May vom Stein Lawrence Leibniz
Petalozzi Irving
Platon Puckler Knigge
Sachs Michelangelo Kafka
Poe Liebermann Kock
Korolenko
de Sade Praetorius Mistral Zetkin

Der Verlag tradition aus Hamburg veröffentlicht in der Reihe **TRADITION CLASSICS** Werke aus mehr als zwei Jahrtausenden. Diese waren zu einem Großteil vergriffen oder nur noch antiquarisch erhältlich.

Symbolfigur für **TRADITION CLASSICS** ist Johannes Gutenberg (1400 — 1468), der Erfinder des Buchdrucks mit Metalllettern und der Druckerpresse.

Mit der Buchreihe **TRADITION CLASSICS** verfolgt tradition das Ziel, tausende Klassiker der Weltliteratur verschiedener Sprachen wieder als gedruckte Bücher aufzulegen – und das weltweit!

Die Buchreihe dient zur Bewahrung der Literatur und Förderung der Kultur. Sie trägt so dazu bei, dass viele tausend Werke nicht in Vergessenheit geraten.

Mei Ruah möcht i ham

Julius Kreis

Impressum

Autor: Julius Kreis
Umschlagkonzept: toepferschumann, Berlin

Verlag: tredition GmbH, Hamburg
ISBN: 978-3-8424-0865-4
Printed in Germany

Rechtlicher Hinweis:
Alle Werke sind nach unserem besten Wissen gemeinfrei und unterliegen damit nicht mehr dem Urheberrecht.

Ziel der TREDITION CLASSICS ist es, tausende deutsch- und fremdsprachige Klassiker wieder in Buchform verfügbar zu machen. Die Werke wurden eingescannt und digitalisiert. Dadurch können etwaige Fehler nicht komplett ausgeschlossen werden. Unsere Kooperationspartner und wir von tredition versuchen, die Werke bestmöglich zu bearbeiten. Sollten Sie trotzdem einen Fehler finden, bitten wir diesen zu entschuldigen. Die Rechtschreibung der Originalausgabe wurde unverändert übernommen. Daher können sich hinsichtlich der Schreibweise Widersprüche zu der heutigen Rechtschreibung ergeben.

Schatten aus einem alten Adreßbuch

Ein altes Münchner Adreßbuch liegt da. Fast siebzig Jahre hat es auf dem nun brüchig gewordenen Rücken, und von denen, die in dem Buch rubriziert sind, tut keinem mehr ein Zahn weh. Münchner Geschlechternamen, noch heute bekannt und vertraut aus dem Handel und Wandel der Stadt, aus Gewerbe und Handwerk, finden sich darin. Die Maler Spitzweg, Schwind, Schleich, Piloty – stehen da in ihrer bürgerlichen Eigenschaft als Einwohner verzeichnet, ohne Lorbeerkranz und kunstgeschichtlichen Hermelin, als Nachbarn, Steuerzahler, Hausinwohner.

Hinter dem Namen finden sich Berufsbezeichnungen längst verschollener Gewerbe, mittelalterliche Wörter, barocke und biedermeierliche Standesbezeichnungen, wie ein Ausschnitt aus der Welt des genialen Malerdichters Pocci, aus den ersten Jahren der »Fliegenden«. Da gibt's noch »Skribenten und Germsieder, Küchelbäcker, Beinringler, Sporer, Tuchscherer, Melber, Salzstößler, Pfeifenschneider, Rosogliobrenner«. Da trifft man auf einen »Zimmerfrotteur« und auf einen »Kornmesser«, auf den »Vorstadtkrämer«, einen »Linieranstalts-Besitzer«. Da ist auch verzeichnet der

»Literat und Stenograph«.

Wir sehen ihn, wie er aus spitzwegisch-romantischer Dachkammer im Fingergäßl die enge Stiege herunterstakelt. Der »Literat« als Beruf mag damals in einer bürgerlich-bäuerlich-handwerklichen

Stadt schon ein leises Rüchlein vom »Gottseibeiuns« an sich getragen haben.

»Ein Mensch, Frau Nachbarin, der sich davon nährt, daß er Versin macht und so Schreiberei halt! Ja, gibt's denn dös aa!? Da ham s' nix G'scheids derlebt, dem sei' Familli. San so brave, ordentliche Leut!«

Aber vielleicht war dieser Herr Literat ein Rei'g'schmeckter, ein Zuag'roaster. Nehmen wir es zugunsten der braven Stadt an, die keine entarteten Söhne schätzt. (Wie weit weg noch vom Dichterpreis!)

Aber der Herr Literat trug das lockenumwallte Haupt hoch und strich mit königlich-lässiger Gebärde die Gulden und Kreuzer ein, wenn er zu silbernen Hochzeiten ein herrliches Carmen über Eheglück fliegen ließ, der Demoiselle Hinterbachler zur Verlobung ein leuchtendes Bukett aus Versen band und um das Geschäftsjubiläum des Hafnermeisters Gogl einen Kranz rauschender Hexameter schlang. Um einen Kronen-Taler ritten alle olympischen Ganz- und Halbjungfrauen, Götter, Helden, Genien und Himmelsknaben in die Arena für eine Festrede des Herrn bürgerlichen Magistratsrats Daglhofer, und um zwanzig Kreuzer bekam man bei einem Begräbnisvers schon eine gut eingeschenkte, schäumende Maß aus Lethe und Tränen ausgehändigt. Unser Literat hielt noch was auf das ehrsame Handwerk seines Berufs, er wußte nichts von Richtungen und Ismen und lieferte eine handfeste, prompte Gebrauchsdichtung, die, fein säuberlich vom »Calligraphen« auf Pergament geschrieben, neben dem Brautkranz, dem Wachsstock und der Geburtstagstasse im »Glaskasten« aufbewahrt wurde. So prominent ist heute kein Dichter, daß ihm dies widerfährt.

Aber sicher hat unser »Literat und Stenograph« so ganz für sich seine Römerdramen in der Schublade liegen gehabt, im Dachkammerl am Fingergaßl, vielleicht ein ganz großes, aufrührerisches Werk gegen seine Zeit oder eine Philosophie, die an jahrtausendalten Säulen rüttelte.

Daß er noch »Stenograph« dazu war, gibt ihm kleines bürgerliches Relief. Wiewohl die Stenographie Anno dazumal auch halbwegs so ein bißchen wie schwarze Magie eingeschätzt wurde. Mehr als Geheimschrift, denn als Verkehrsmittel. Das gemache Tempo dieser Zeit hatte die Eilschrift noch nicht so nötig. Man kam den Ereignissen, Gedanken und Mitteilungen immer noch leicht mit sanft verschnörkelten Kurial-Buchstaben nach. Eile mit Weile. – So war unser Literat und Stenograph seinen Tagen doch erheblich voraus, und wenn er im grünlich schillernden Schoßrock und breiten Kalabreserhut in seinem Bierkrügl den Abendtrunk im Franziskaner holte, so ging von dem hageren, edelgelockten und Cavaliereumflatterten Dichter doch ein Wehen wie aus einer anderen Welt über die kreuzbraven Gevatter, die da zu ihrem Dämmerschoppen strebten.

Da steht im alten Adreßbuch auch eine

»Ministrantensgattin«.

Ministrant, das ist für uns heute ein Büberl, das in der Kirche seine Dienste verrichtet. Damals war anscheinend der »Ministrant« erheblich reifer und würdiger als heute, denn er nannte sogar eine Gattin sein eigen. Diese Ministrantensgattin hatte wohl ein scharfes Auge auf die weiblichen Kirchengängerinnen, und es entging ihr bei allem frommen, auferbaulichen Lebenswandel sicher nie, wenn die Küchelbäckerin eine neue Krinoline, die Frau Melberin einen neuen Federhut beim Hochamt trug. Daß sie über die sittlichen und religiösen Bewertungen der Pfarrkinder vielleicht besser im Bilde war als der milde Pfarrherr, ist anzunehmen. Auch mag sie eine strengere Richterin gewesen sein. Niemand konnte natürlich so wie sie die Kirchenwäsche waschen und ausbessern, und kein Ministrant ging so sauber und strahlend gewandet zu seinem Dienst als ihr Josef oder Beni. – Wenn er nur nicht immer den fff Landshuter Brasil geschnupft hätte – die Frau Ministrantengattin hätte einen fast engelreinen Ministranten als Ehegespons gehabt.

»Die Wachsbildnerin«,

auch nicht weit von der Kirche weg, war wohl ein gar kunstfertiges, altes Fräulein, das Wachsstöcke, Heiligenfiguren, Krippenmandl mit feinfühligen Fingern formte und kleidete. Um Advent und Dreikönig war ihre beste Zeit, und aus ihrer Stube wanderten Hunderte Christkindl, Josefe, Hirten und Könige in die Krippen der Bürgerhäuser. Kunstgewerbeschule hat sie keine besucht. Aber vielleicht hat sie ihre Arbeit bei den frommen Schwestern am Anger gelernt, immer ein braves, aufmerksames Kind. Warum sie nicht geheiratet hat? Vielleicht ist sie hinter den Schwestern gestanden, ein bißchen dürftig, schwächlich, unscheinbar, nicht so hübsch, zutunlich und munter wie die andern. Nicht geeignet zur führigen Hausfrau. Da ist all ihre heimliche Sehnsucht, ihre Liebe zum Schönen auf ihre Wachsengel und Christkindin übergegangen und brannte in dämmerdunklen Kirchen aus Lichtern und Wachsstöcken von ihrer Hand.

»Der herrschaftliche Mundkoch«

sah dich damals mit keinem Auge an, wenn du, Staubgeborener, aus der Gast- und Tafernwirtschaft tratest. Er ging, Bauch und Brust gewölbt, so richtig herrschaftlich durch die Dienerstraße, noch im Vollgefühl einer kunstvoll gelungenen Pastete, einer tragant verzierten herrlichen Torte, eines gefüllten Indians. Er kannte Grafen und Fürsten und wußte um ihr Gelüsten, Herzoginnen und Prinzen hat er seine »Schmankerl« aufgetischt. Ein welterfahrener Herr, der zu Paris und Wien, zu Straßburg und Prag die letzten Geheimnisse der Kochkunst erfahren, mit den hohen Herrschaften gereist ist, ein Mann, den sie respektierten, ein Umworbener, denn gleich nach der Liebe geht die Hochachtung durch den Magen. Er hätt' erzählen können. Sterbliches von Unsterblichen, denen er zu Suppen und Sößchen geraten, Menschliches und Allzumenschliches aus hohen Häusern; denn in den Küchen war immer die Nachrichtenbörse über den Salon. In dem glattrasierten, runden, glänzenden Gesicht sind die Äuglein tief und schlau über den Backen eingebettet, die Nasenspitze sagt, daß der herrschaftliche Mundkoch sich immer gut mit dem herrschaftlichen Mundschenk vertragen hat.

Er muß mitleidig lächeln, wenn ihn die Kuchldüfte von handfesten Schweins- und Kalbshaxn aus dem Flur des Bräuhauses anwacheln. Aber trotzdem lenkt er seine Schritte in ein stilles Seitengaßl, drückt die Krempe seines Zylinders tiefer in die Stirn und steuert auf den »Gasthof zur schwarzen Gans« zu, auf das kleine dunkle Beißl, denn da gibt's am Donnerstag die besten Leber- und Blutwurst. Und das ist für den herrschaftlichen Mundkoch, trotz Indian und Pasteten, trotz Paris, Prag, Straßburg und Wien, das Leib-Schmankerl. Vor dem beugt er den stolzen, kernigen, herrschaftlichen Mundkoch-Nacken.

Vor sonst nichts.

Ein altes Album

Da liegt es vor uns, ein schwerer, dickleibiger Band mit Metallecken und festem Schloß, mit bretterdicken Blättern, in die sauber die »Fenster« hineingeschnitten sind. Und darin, ein bißchen gelblich verblichen schon, alte Fotografien.

Fotografiert werden war »damals« eine Haupt- und Staatsaktion. Vom Fotografieren als Sport, Liebhaberei war noch kaum die Rede. Der Fotograf war noch eine Art von Magier, Zauberkünstler mit flatterndem Schlips und wehendem Haarbusch. Vor dem »Kasten« stand man feierlich im Staatsgewand, voll Haltung und Würde, und war gerade so »freundlich«, als es der Bildniskünstler verlangte.

Man stelle sich einmal vor: an Großmama hätte jemand das Ansinnen gestellt, sich im Schwimmanzug knipsen zu lassen, wie es heute bei den Enkeln gang und gäbe ist. Der Fotograf, die Kundin, der Apparat wären gleich vom Staatsanwalt beim Krawattl gepackt worden. Das alte »Fotografie-Album«, würdig, feierlich, zeigt uns Verwandte und deren Freunde nur in Galakleid und Galamiene, zeigt aber auch bei aller »Steifheit«, daß für die alte Generation das Fotografiertwerden nicht Gelegenheitssache war, sondern immer einen Lebensabschnitt, einen Markstein bedeutete.

Da ist, schon etwas verblaßt, in alter bayerischer Korporalsuniform das Bildnis des Großvaters aus dem Jahre 1871. Er, den man von Kindheit an als großen, breiten, alten Herrn kannte, ist da ein ziemlich schmaler Jüngling. Noch schmäler steht das Gesicht nach Verwundung, Krankheit und Strapazen über dem niederen Kommißkragen. Der Krieg war zu Ende. Man war wieder daheim, ist vielleicht am nächsten Tag ins bürgerliche Handwerk zurückgekehrt. Sicher ist es das erste Bildnis im Leben des Großvaters. Man hat damals nicht so viel Wichtigkeit um die eigene Person gemacht wie heute.

Mutter, als sie noch Braut war. In einem Kleid mit hundert Rüschen und Falten und einer Porzellanbrosche mit einem Engelskopf darauf. Wohl der erste Bildeindruck aus unserer Kinderzeit. Ein bescheidener »Cul de Paris« ist da, und vom Kapotthütchen nicken Blumentrauben.

Hier ist ganz verblichen Großmutters Bild in der Krinoline mit dem schmalen, weißen Kragen über dem Taftkleid, mit zierlichem Schirmchen, behäbig, freundlich lächelnd, wie man es gern bei einer Wirtin sieht.

Ein flotter Herr aus den siebziger Jahren erscheint, der Onkel Bernhard. Er hat auf dem Renaissancetischchen den hohen, flachkrempigen Zylinder liegen, der Gehrock ist zurückgeschlagen, in der Tasche der weiten Pepitahose hängt nachlässig-graziös die linke Hand, indes sich die Rechte kraftvoll auf das Tischchen stützt. Über die tief ausgeschnittene Weste läuft die dünne Goldkette zur Uhr, unter dem breiten Liegkragen zipfelt kokett ein ganz schmales, schwarzes Schlipschen. Vielleicht hat er das Bild damals seiner Liebsten mit einem verschnörkelten Brief zugesandt. Kurz vor dem Krieg von 1914 saß er noch, schon ein alter Herr, im Hofbräuhauskeller vor seiner Abendmaß und hatte wohl längst vergessen, was er einst – in den Pepitahosen – für ein verflixter Kerl gewesen ist.

Siehe, ein bäuerliches Brautpaar, Vetter und Basl. Er in langem Schoßrock, den runden Plüschhut auf dem Renaissancestuhl, in der großen Hand die Hand seiner Hochzeiterin, die fest geradeaus schaut, wie der Ihrige mit dem schwarzseidenen schweren Brust- und Vürtuch angetan, das Gebetbüchl und den Rosmarin in der Hand.

Und der Vetter Franz aus den achtziger Jahren, der dann plötzlich nach Amerika hinüber ist und spurlos verschwand. Ein artiger junger Mann mit einem kleinen steifen Hütchen. Und hier das alte, freundliche Dachauer Basl, noch eine herrliche Erinnerung aus Kindertagen. Sie kam nie ohne einen Korb mit Schmalznudeln oder Birnen.

Gruppenbilder vom Schützenfest und von Landpartien kommen, Paten, Vettern, Hochzeitspaare, ein schwarzberockter Primiziant, Mädchen mit großen Vögeln auf kleinen Hüten, Bauernköpfe, bebrillte Studiosi und der Nachbar Biegler als flotter »Velozipedist« neben dem Hochrad in einem märchenhaft sportlichen Dreß.

Man sieht dreißig, fünfzig, siebzig Jahre zurück, und das plüschene Buch birgt ein halbes Hundert Schicksale unserer Vordern, bis zu dem Bild, das uns am fremdesten und merkwürdigsten anschaut: da ist man selbst als kleiner Bub in den ersten Hosen.

Diese alten Fotoschmöker sind unserer Zeit ein bißchen lächerlich. Man sperrt sie ein und zeigt lieber die neuen, scharfen Knick-Knack-Aufnahmen. Sie sind famos, scharf: Kurt auf dem Motorrad, Else auf dem Sprungbrett ...

Aber Geschichten – Geschichten und Geschichte erzählt viel mehr das biedere »Album« von einst, als der Großvater die Großmutter nahm!

Auf und Ab

Draußen auf der Auer Dult ist die Zuflucht aller schiffbrüchigen Werte aus Palast und Hütte. Hier ist Auf und Ab, Ende und Anfang von Besitz und Habe. Jahrhunderte sind da auf einem Quadratmeter vereint, Strohhüte und Eisenhauben aus dem Dreißigjährigen Krieg, Spirituskocher und Heiligenlegenden, Raupenhelm und Frisierbüsten, Glühbirnen und Porzellanfiguren, Violinen in Samtkästen und Kreuzottern in Spiritus, Regenschirm und Kürassiersäbel, Ölgemälde und Matrosenanzügerl und überall Bücher, Bücher, Bücher.

Ein altes, weißhaariges Manndl, den Schirm zwischen die Knie gepreßt, blättert in stockfleckigen Folianten mit alten Stichen. Der Tandler kennt ihn schon. Er zeigt ihm seine letzten Köstlichkeiten, nimmt aus der Kiste Raritäten, die nicht für jeden sind. Er bringt ihm einen Stuhl zum Niedersetzen. Nein, kaufen braucht er nichts. Der Tandler weiß schon, daß die schlechten Zeiten dem alten Herrn die Börse mager gemacht haben. Aber es freut ihn, daß da einer seine »Sacherln« betrachtet, der was davon versteht. »Wissen S', Herr Professor, des is a Kreuz, daß de oan bloß as Geld ham und de andern bloß an Verstehstmi.« Ein Brautpaar sieht sich in der »War« um und fragt nach einem Biedermeierschrank. Ein Lausbub möcht wissen: »Sie, Herr, was kost denn der große Sabi da?« Ein Bauer prüft mit hartem Daumen und Zeigefinger das Tuch einer Hose, ein langhaariger Jüngling blättert in Ölskizzen – vielleicht könnte doch ein echter Leibl darunter stecken.

»Schöne Gemälde, Herr«, sagt der Tandler. »Alles handgmalt. Prima Kunstmaler! Mit an Rahma drum rum, is ja direkt a Kapitalsanlag. Hat erseht vor zwoa Jahr a Herr an echtn Rubens heraus gfundn.«

»Da Frau, a Blumenstilleben. – Waar a schöns Hochzeitsgschenk. De riacha direkt, so natürli san s' gmalt ...«

Ein altes, verhutzeltes Weiberl kommt und nimmt vorsichtig und verlegen ein Paar Zugstiefletten in die Hand. Die wären recht gut. Schöne Sohln! Das Oberleder ganz. Sie prüft mit knochigen, zittrigen Fingern. »Wos kosten s' denn, de Stiefi?« »De san no kaum tragn, Muatterl!« wendet sich der Tandler von den Ölgemälden weg. »Da hätten S' was Guats, was Solids! Weil 's Sie san, zwoa Mark fuchzg.« »Mei, o mei, des is ja vui zvui für mi! – Aber paßt hätten s' mir grad moan i. Derf is a mal probiern?« Der Tandler rückt ihr ein Hockerl zu, und das Weiblein probiert die Stiefletten. »De san von an hohen Offizier«, sagt der Tandler ermunternd. »Guat passatn s' scho! Aber vui Geld is halt! Genga s' net um zwoa Markl her?« Schließlich gibt der Tandler nach. Das Mutterl zieht mit den Offiziersstiefletten ab. Glückstrahlend. Vielleicht gewinnt sie einmal darin einen Krieg gegen eine böse Nachbarin. Man tritt gleich ganz anders auf, wenn man ordentliche Stiefel an hat.

Junge Burschen kramen in Werkzeug, Drahtrollen, Batterien, Radiozubehör, das, aus alten Apparaten herausmontiert, auf die Bastler wartet. Einer brauchte Zuleitungsrohre und einen Benzintank für einen Motor, den er sich bauen will, ein anderer untersucht ein altes, rostiges Schnauferl aus der Kinderzeit dieser Fahrzeuge. »Ham S' koan Fuaßballdreß?« – auch dafür kann geholfen werden. »Sie, was kost denn der Roman da: Carlo Benetti, der Schrecken der Wälder, oder Treue bis zum Schafott?« Jedes Tandlmarktstück könnte seine Geschichte erzählen. Jahrzehnte, manchmal Jahrhunderte voll Wandel und Schicksal, voll Haß, Liebe, Reichtum, Not, Glück und Leid. Das alles ist in den engen Budenreihen, modrig und müde. Aber es ist nur Ruhe vor neuem Schicksal, Ende vor neuem Anfang. Denn alles Leben ist nur ein »Übergangl«.

Letzte Augustwoche

Die letzte Augustwoche draußen in der Sommerfrische ist jedes Jahr nach mannigfachen Adagios und Scherzos, die der Sommer bringt, das elegische Finale. Bei jedem neuen Frühstück versichern sich die Zurückbleibenden, daß es nun doch schon richtig »herbstelt«, und diese, zu Augustende gewiß nicht erschütternde Beobachtung findet nachdenklich-melancholische Zustimmung. Der Herr Rat Maier verträgt das Baden nicht mehr, Frau Assessor Huber hat schon einige braune Blätter vom Spalierbaum abgepflückt, Herr Apotheker Schmid muß abends den Lodenmantel anziehen, und Fräulein Schulze darf – dem Himmel sei's geklagt – nicht mehr singen, weil die immerhin kühle Luft die Stimmbänder angreift. (Segen des Herbstes!)

Jeden Morgen pilgern die Heimkehrer mit Kind und Kegel, mit Mann und Roß und Wagen, gepäckbeschwert und blumenbeladen wie Opfertiere zum Postauto oder zur Haltestelle. – Die noch ein, zwei, drei, vier Tage Bleibenden haben Gefühle wie Robinson, der, von Gefährten und Schiff verlassen, in unwirtlicher Gegend allein sein muß.

Abschiede werden von Nulpes und Tulpes genommen, als brächen die Herzen mit Donnergetöse entzwei, obwohl man weder vor noch nach der Sommerfrische eine Sekunde um Nulpes oder Tulpes weiß. Tarockfreundschaften verwehen mit dem letzten Rauch aus dem Dampferschlot, und was bei Frauen Sommerfreundschaft knüpft: Häkelmuster, Kochrezepte, gemeinsame Entrüstung über »diese unmögliche Person«, Langeweile, Tischnachbarschaft und Kinderspiel – das alles verflüchtigt, wenn das Postauto um die Ecke biegt, in Schall und Rauch.

Vielleicht, daß die sechzehnjährige Ingeborg oder Ruth noch während der Heimfahrt ein bißchen von dem schlanken braunen Studio Fritz oder Kurt träumt, der so himmlisch mit den Ohren wackeln konnte und überhaupt so reizend war, möglich, daß irgendwo ein strammer Hiasl oder Seppl noch am Sonntagsjanker ein Rüchlein Heliotrop oder Coty-Extra einschnuffelt – von der Berlinerin vom letzten Burschenball her – vorbei. Jetzt fährt er sein Odelfaß über abgemähte Fluren, und gegen das kommt die schönste Geruchserinnerung nicht auf.

In den Zügen, die stadtwärts fahren, leuchten die bunten Herbstblumensträuße, die letzten Gaben der bäuerlichen Hauswirtin aus dem kleinen Gartel. Männer mit viel Gepäck schmeißen sie manchmal aus dem Coupéfenster, wenn sie im Weg umgehen. Frauen sind zartfühlender. Sie lassen lieber ein Handkofferl stehen, als auf den Strauß in ihrer Hand zu verzichten.

In der Gaststube sitzen die Zurückgebliebenen wie Schiffbrüchige auf ihren Planken, jeder an einem andern Tisch, alte Herrn, Urlaubsnachzügler, und die Wirtin sagt: »Wega de paar Fretter tean ma koa extra Speiskartn auflegn. A Gulasch gibt's und an Niernbratn!«

Unten am See hocken die Austragler und der dienstlose Kraftwagenführer, der Saisonkellner und der Kahnverleiher beisammen. Es ist jetzt ein bißchen langweilig für sie. Wenig mehr gibt's »zum spekuliern«! Keine kurzberockten »Weibats«, keine kühngemusterten Bademäntel, kein städtischer Er und Sie mit Drum und Dran an Ergötzlichem zu scharfer Nachrede.

»Furt sans jetzt, de Goaßn, de langghaxtn, gar is mit dem ganzen Sommerfrischlergschmoas«, sagt der alte Damerlvater, und es heißt dasselbe, als wenn der poetische Oberinspektor Lehmann ins Fremdenbuch schreibt: »Die schönen Tage von Aranjuez sind nun vorüber.«

Backen

Der Advent hat seinen eigenen Duft. Fast in jeder Wohnung spürt man ein Rüchlein davon: Kripperlrinde, Tannenzweige, Wachs und vor allem in den Küchen und Gängen von mal zu mal genau vertraute Geschmäcklein nach Weihnachtsgebackenem, nach Zucker und gewürztem Teig, nach Zitronat, Mandeln, Maronen, Arrak ... In den Bürgerhäusern ist noch aus Urgroßmutters Tagen ein vergilbtes, stockfleckiges Heft da. Die Schrift darin ist mit Liebe und Sorgfalt, mit kleinen biedermeierlichen Schnörkeln gesetzt, alte Maße und Gewichte finden sich: ein »Maßl« Mehl, zehn »Loth« Zucker, ein »Deka« Muskat, ein bißchen umständlich ist alles beschrieben: »Man nehme« ... »alsdann thue man« ... »rühre das Ganze emsig und guth ineinander« ...

Dann wechselt die Schrift: Großmutter hat das Buch fortgeführt, die Mutter hat es ergänzt. Ein Geschlecht von Schriften, ein Geschlecht von Köchinnen. Zwischenhinein haben Kinderfinger, die nun auch längst alt und knorpelig geworden sind, ihr Krikelkrakel gemalt. Für Marzipan, Butterteig, Haselnuß, Zimtsterne, für drei Dutzend guter Weihnachtssachen ist hier der rechte Wegweiser.

Weihnachtsbackwerk muß jenseits der Alltagsküche hergestellt werden. Am späten Nachmittag, am Abend. Herrliche Erinnerung aus der Kinderzeit: Da kam man an einem frostigen Dezembertag rotgefroren, die Schlittschuhe in den klammen Fingern, gegen Abend heim, und aus der geöffneten Wohnungstür roch es nach heißem Kaffee. Die Rohrnudel lag neben der Tasse, die Petroleumlampe blakte schon, aber noch etwas lag in der Luft: Weihnachtsguteln! Dann jagte uns die Mutter mit freundlichem Schelten vom Tisch weg und kam mit Teigschüssel und Nudelbrett, mit Orangeat und Zitronat, mit Haselnüssen und Nußkernen, und da wurde gewalkt und geschlagen, geschnitten und gerieben. Die Mädchen durften dabei die Hand reichen. Wir Kleinen aber sahen mit runden, gierigen Augen auf Rosinen und Zibeben, Nüsse und Zucker, und es kribbelte in den Händen ... Da hatte die Mutter ein Einsehen und schob jedem ein paar Kerne und Weinbeerl zu. An ihnen hing schon Weihnachten. War erst der Teig ausgewalkt, so kam das hohe Fest des Ausstechens und bei Marzipan des Modellierens. Da tat wohl auch der gestrenge Vater mit und machte manchmal einen Spaß dabei. Da lagen sie nun die Sternlein und Blumen, Hasen und Vögel, die Glocken und Herzen. Und im Marzipanteig wölbten sich Roß und Reiter, Rosen und Tulpen, hoben sich Gockelhähne, Rehfamilien und Schäferinnen. Wie ein süßer Zauberberg roch die Stube. Wurden die Teigreste wieder zusammengewalkt, so stibitzte man immer ein Fetzchen von dem süßen, rohen Teig, und das schmeckte fast noch besser als das Gebäck selbst. Man blieb länger auf an solchen Abenden, und wenn die ersten Plätzchen heiß und duftend aus dem Rohr kamen, reckte alles die Hälse.

Ganz besondere Sorgfalt und Liebe wurde dem Kletzenbrot zugewandt. In Altbayern wie in Schwaben ist es seit altersher das Weihnachtsbrot, diese Laibe und Wecken aus Dörr-Birnen, Rosinen und Gewürz. Auch von den ländlichen Vettern und Basen traf immer ein Kistl ein, in dem neben hartem, schwarzen Rauchfleisch ein Kletzenwecken lag. Da verglich man eifrig Geschmack und Beschaffenheit des eigenen und des fremden. Aber uns Kindern schmeckte das fremde Brot, obwohl es rauher war, natürlich viel besser. Die Kirschen in Nachbars Garten ...

War ausgebacken, so wurde alles Backwerk in die großen Schachteln getan, die standen im Kammerl auf dem höchsten Kasten und warteten auf die weihnachtliche Erlösung. Sehnsüchtig gingen die Kinderaugen da hinauf und bettelten bei der Mutter. Die ließ sich dann manchmal doch erweichen und spendierte für besondere Bravheit, für außergewöhnlichen Fleiß hin und wieder ein Stückl, nicht ohne zu seufzen: »Ihr Freßsäck, ihr glustigen – was soll denn da für Weihnachten bleibn!« Aber es blieb immer noch genug, um jedes Körbchen bis zum Rand zu füllen, und selig war man dann, wenn man ein Stückl wiedererkannte, das man selbst ausgestochen hatte.

Vom Bahn-Hunger

Woher kommt es, daß alle Menschen im Eisenbahnzug, kaum daß die Räder rollen, heißhungrig werden? Noch hat der letzte Wagen die Bahnhofhalle nicht verlassen, da stürzt die Frau mir gegenüber, wie der Tiger auf das Kalb, auf ihren Handkoffer, reißt ihm den Bauch auf und wühlt in seinen Eingeweiden. Erbarmungslos wird dem Mitreisenden Einblick in die Intimitäten des Nachtlagers geboten. Flanellärmel baumeln über den Kofferrand, Haarbürste und Kamm quellen zwischen zermanschten Äpfeln aus der Tiefe, und da angeln die Finger auch schon ein halbzerquetschtes Ei und eine noch leidlich erhaltene Buttersemmel aus der Tiefe.

Aufatmend, wie vom Tode des Verschmachtens eben noch gerettet, macht sich's die Frau in der Ecke bequem und schindet dem Ei die zerdrückte Schale ab. Dann aber, jäh vom Geist erleuchtet, kramt sie wiederum im Koffer nach einem Tütchen Salz, und als auch das, gereinigt von Sicherheitsnadeln und Wollwutzerln, gebrauchsfertig ist, hebt das Tafeln an. Das Ei wird mit equilibristischer Geschicklichkeit im Mund verstaut.

Nichts wirkt so ansteckend als Essen im Zug. Leute, die den Magen noch knüppelvoll vom Frühstück oder Mittagessen haben, erinnern sich angesichts der speisenden Frau sofort an ihr Wurstbrot, an ihre Käsestulle, an ihre Schokoladentafeln im Koffer, an Thermosflaschen mit Kaffee und Tee, an Äpfel und Schmalznudeln, und nach wenigen Minuten rascheln überall Papiere, bröseln Semmeln, riechen Orangen, schweben Wursthäute zu Boden.

In der Bahn wird nämlich das Essen nicht gegen den Hunger, sondern gegen die Langweile ausgeübt, und es gibt Leute, deren reger Geist über den Kofferproviant hinaus noch an jeder Haltestation zwei Paar Wienerwürstl fordert, um beschäftigt zu sein.

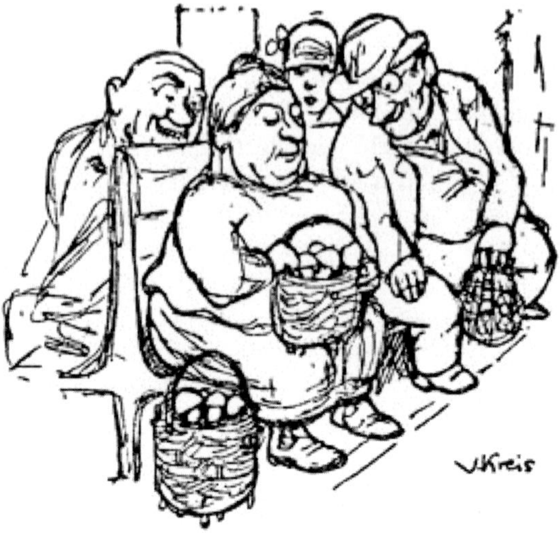

Bank-Gespräche im Mai ...

Ort: Englischer Garten.

Zeit: Nachmittag, fünf Uhr.

Personen: Zwei ältere Herren, zwei ältere Damen.

Die Reiter. Schaugs o! Schaugs o! Da kemma s' daher, de ganz drapftn. I sag's ja, d' Frau'nzimmer! Sie aa aufs Roß naufhocka! Na' an Haxn brecha, na' ham sie's! Kennst as a so scho bald nimmer ausanander, ob's Manndln oder Weibln san. Hos'n ham s' alle o, Stiefi ham s' o, und an eahnera Zwetter hast aa koane Anhaltspunkte, weil s' nix mehr fress'n, de damischn Luader, daß nix mehr dro is wia Haut und Boaner. Frühere Zeit'n hat halt des was golt'n, wenn oane Holz bei der Hütt'n g'habt hat, sozusag'n a gewisse weibliche Formenschönheit. Des hat si' alles aufg'hört. Aber frühers, da hat's des halt net geb'n, daß a jede Büxlmadam in Englisch'n Gart'n umanandg'ritt'n is in so an Verzug. Hat scho Damen geb'n, de wo g'ritt'n san, aber in an richtig'n Reitkostüm, vastehst, mit Zylinder und so weiter, und de san aa net drob'ng'hockt wie d' Schulbuab'n. Aber heut wenn oane zwoamal beim Fuim d' Aug'ndeckel aufg'schlag'n hat, na muaß s' scho an Gaul ham. Oeha! Waar er Eahna bald auskemma, Freilein. Derheb' di nur no, du z'sammzupft's Ziefer. Net daß ma di aufklaub'n müass'n mit dein strohgelb'n Schnittlingkopf ... Zeit'n san dir des jetzt ...!

*

Läufer. Was ham s' denn heut, a Wettrennats oder was ... Laffa als wia wann s' zahlt werat'n. A lüftig's G'wandl hm s' o, de Burschen! Hat's aa net geb'n, wia mir jung war'n, des Umanandsaus'n für nix und wieder nix! Jetzt san s' alle ganz narrisch mit eahnarn Sport und eahnare Gymnastik! Grad renna und kniageln und auf-marschmarsch. Tuat eahna vielleicht ganz guat, de Bursch'n. Des hätt'n s' Anno dazumal aa ham kinna. Wia i bei der Acht'n war. Ham S'n scho no kennt, an Oberleutnant Zwengler, i siech 'n no manchmal laffa mit sein greana Hüatl. Bua, da hat ma den Gymnastik no net kennt, aber g'loffa san ma aa wia G'stutzte auf Oberwiesenfeld. Der hat uns rumtrieb'n, der Zwengler! A so weit war er ja net schlecht, hat oan was 'gunnt a wieder. Leute, hat er g'sagt, wer sich bei mir belz'n will, hat er g'sagt, der werd si' aber o'schaug'n, sagt er. Aber hat si' na aa um seine Leut kümmert. De beste Menasch hat's geb'n, wenn der Zwengler Küch'nschur g'habt hat.

Da hat's halt den Gymnastik no net braucht bei de junga Leut! Jetzt treib'n 's d' Weiber aa. Mir is recht. O'schaffa wenn eahna oaner des taat, daß de so 'rumsaus'n müass'n – des G'schroa möcht i hör'n ...

*

Paare. Jetzt ham s' wieder alle auslass'n, de G'schpusi und de Paarln. Wia d' Maikäfer schwirr'n s' umanand. Des san aa zwoa, de hätt'n Taub'n net schöner z'sammtrag'n könna. Er oan Meter neunz'ge und sie geht eahm grad bis zum Schilehtaschl. De genga alle zum Ungererbad nüber. Alle ham s' eahner Badezeug dabei. De kenna 's net derwart'n, bis as Wasser si' a bißl o'gwarmt hat. Is aa net g'sund, des ewige Wassergebritschl. I' wenn jetzt in des kalte Wasser gang, drei Wocha hätt' i' mein Ischias. De wer'n s' scho aa no spür'n, wenn s' a'mal in de Jahr kumma. Aber da könna sie si' halt zoag'n, de Weiberleut, mit eahnere Badekostihme. Ham a so fast nix mehr o. Wost hi'schaugst, überall san heut de Paarln. Kunnt ma' gar net g'nua aufpass'n, wenn ma a' Deandl in dem Alter hätt'. Ma' kann s' nimmer derhalt'n. De lass'n si' nix mehr sag'n. San halt vui so norddeutsche Student'n. De verstehnga's. I' kenn 's glei' am Red'n. Passen S' a'mal extra auf, wenn a Paar vorbeigeht. Lauter Fremdsprach'n. Und Studentinna gibt's aa grad gnua. Neamd da, der aufpaßt. Da find'n sie si' huraxdax pax bei der Hax. Wer'n scho recht vui studier'n, de Studentinna. Waar aa g'scheiter, sie lernat'n a Rindfleisch siad'n und a Stückl Wasch' wasch'n. Aber mei, irgend was müass'n s' o'fanga mit de Madln. Zum Heirat'n kumma s' aa nimmer so hi'. Heut überlegt si's a jeder. De wirtschaftlich'n Verhältnisse san halt zu schwer heut. Da sag'n si' de Eltern, wo s' no derkraft'n könna, sie lass'n eahneren Deandl was lerna, na konns auf'n Mo pfeifa! ... Ham net so unrecht. Was ham s' denn scho, wenn's verheirat' san. Glaab'n S' des, wenn i' wieder auf d' Welt kumm als a Madl, i studier aa, wenn's a bißl langt mit'n Kopf. Ma' hat net vui an so an Mannsbuid.

Der »Beiss«

»Aber Anni«, sagt die Mama, die was auf gute Erziehung hält, »das tut man doch nicht!« Und Anni, sonst ein braves, folgsames Kind, hebt klagend und anklagend den Lockenkopf empor und sagt: »Wenn's mich halt so beißt!«

Und kratzt schon wieder heimlich an jener Stelle des Rückens, über die Europas übertünchte Höflichkeit schweigt. Es dauert gar nicht lang, da reibt auch die gestrenge Mama am Oberarm einige Male hin und her und wird rot wie ein Schulmädchen, als sie sich von ihrer Anni dabei beobachtet sieht. Und jetzt bleibt sogar der Vater einmal ein paar Schritte zurück, nur um sich nach Herzenslust die Waden zu kratzen.

Alle drei, Vater, Mutter und Kind stellen einmütig fest, daß man sich gar nicht mehr halten könnte vor Jucken. Und finden, ein bißchen abseits, bei einem Vergleich, daß auf ihrer Haut ganz kleine rote »Dipferl« sind.

»Aha!« sagt der Vater, als Familienoberhaupt auch zugleich Wissender und oberster Medizinmann: »Da ham mir an Sendlinger Beiß derwischt! – Da is no koaner dro' g'storb'n.« Und er meint als besorgter Vorbeugender, da wär's vielleicht am besten, man würde vor dem Heimgehn noch auf dem Keller eine Maß trinken.

Der »Sendlinger Beiß« ist eine altbekannte kleine »Sucht«, wie der Münchener sagt, und überfällt den dafür empfänglichen Menschen meist im Hochsommer. Eine Milbenart, die sich im Gras aufhält, ist die Urheberin des Juckens, und sie hat sich vorzugsweise die Sendlinger Fluren dafür ausgesucht. Aber wie sich neun Städte im Altertum darum streiten, die Geburtsstadt Homers zu sein, so machen auch verschiedene Fluren um München auf den »Beiß« Anspruch, und man hat schon vom Föhringer, vom Perlacher, vom Pasinger »Beiß« gehört. Ja, manche Menschen, an deren Juckreiz die Milbe ganz unschuldig ist, behaupten, sie hätten einen Ortsbeiß, wiewohl vielleicht ein biederer, seltener Floh oder sonst ein Tierchen die Ursache ist. Für alles braucht die Milbe auch nicht herzuhalten.

Der »Sendlinger Beiß« freilich ist sozusagen der oberste, der Führer unter den »Beißen«, ja er ist sogar wissenschaftlich anerkannt und hat den Begriff »Sendling« in die Lehrbücher der Dermatologen gebracht. Der »Sendlinger Beiß« kann stolz sein, daß er vielleicht von einem kniffligen Professor im hohen Norden dem Examenskandidaten unterbreitet wird: »Herr Kandidat, was wissen Sie vom Sendlinger Beiß?« Wenn dann der Herr Studiosus aus Hamburg, Königsberg oder Emden Bescheid weiß, so kann der Examinator wirklich überzeugt sein, daß der junge Mann sein Gebiet gründlich studiert hat.

Aber nun sei diese Betrachtung auch schnell abgeschlossen; denn bekanntlich genügt es, daß jemand vom »Beiß« redet, und schon müssen sich empfindsame Naturen kratzen. Der freundliche Leser soll es nicht für ungut nehmen, wenn es ihn jetzt irgendwo ein bißchen juckt. – Es ist kein echter »Beiß«.

Das Bettstattl

Dem Maler Ulrich Fridwanger hatte ein langes Leben alles gebracht, was es nach dem Glauben der Leute einem Künstler geben kann: Erfolg, Ruhm, Reichtum, Ehren ... Seine Bilder hingen als kostbarer Besitz in den Sammlungen und Palästen der alten und der neuen Welt. Das Glück war – nach langen harten Kampfjahren – dem einfachen, stillen Mann nachgelaufen und hatte an einen, dem ein schlichter Sinn gar nicht so danach stand, seine Fülle verschwendet. Nun war er Professor, Geheimrat, Ehrendoktor und Malexzellenz geworden, und sein Name war für den kleinen Mann im Volk einfach die Kunst, der Künstler. In allen Schaufenstern sah man Vervielfältigungen seiner Werke von der Postkarte bis zum Quadratmeterdruck, und längst schon versuchten emsige Epigönchen, das, was bei seiner Kunst Blut und Seele war, mit verschmitzter Geschäftstüchtigkeit nachzukitschen. Der Maler Ulrich Fridwanger hatte sein ganzes Leben lang aus Herzensgrund geschafft, voll Feuer und Liebe zum Werk, zum Leben und Bilden, und trotz Ruhm und Erfolg war sein Schaffen, losgelöst vom Tag und Markt, ein ehrliches Stück seiner Selbst gewesen. Ein langer Weg lag hinter ihm. Viel hatte er gesehen, erlebt, erduldet, erkämpft.

Nun war er müde geworden. Er silberte in die Siebzig hinein und lebte jetzt fern von aller Welt in einem kleinen grünumbuschten Haus in einem stillen Bergdorf bei seiner Tochter und seinen Enkeln, beschnitt die Rosenstöcke, ging den Raupen nach und sah den Immen zu. Er band der kleinen Liesel die blaue Zopfschleife und half dem Maxi bei den schweren »U«, daß die Tafel voll wurde, und das kleine Nesthockerl, das Reserl, durfte mit seinem weißen Bart spielen. Des Abends half er der Mutter, die spielmüden Kinder mit List und Scherz und Schabernack zu Bett bringen, und freute sich an dem rosig überhauchten Schlaf der Kleinen.

Die Mutter bettete das Reserl mit huscheliger Sorgfalt ins kleine Nest und strich die Decke glatt. Dabei ging ihre Hand von ungefähr über das kleine Bettstattl, und sie schüttelte ein wenig unzufrieden den Kopf. Ein bißl mitgenommen sieht das Bettstattl aus, sagte sie.

Das könnt' wieder einmal das Streichen vertragen. Ich muß doch in den nächsten Tagen den Malerwastl kommen lassen.

Der Großvater wandte den Kopf. Er sah das kleine Nest vom Reserl prüfend an. »Weißt was, Berti«, sagte er zur Tochter, »das streich ich dir! Das richt' ich her auf den Glanz! Das muß nur nobel aussehen!« Ganz begeistert war der Alte.

»Aber Vaterl! Aber Exzellenzvaterl! Du – und Bettstattl anstreichen!!« – Die Tochter schüttelte sich in komischem Entsetzen. Aber der Großvater wurde warm. »Aber freilich, Berti! Gleich morgen fang' ich damit an! Laß nur die Vevi in der Früh beim Kramer die Farb holen.« Ganz liebevoll gingen seine jungen Augen über die Kanten und Linien des Bettstattls, und die feine Hand führte schon, den Flächen nachgehend, in Gedanken den Pinsel.

»Das machen wir«, sagte er nochmal. »Ei, freilich: das soll mir eine liebe Arbeit sein!«

Am andern Vormittag saß die Exzellenz schon im Malerkittel vor dem Bettstattl, und der breite Pinsel ging voll Sorgfalt, Liebe und handwerklicher Kenntnis in die Fugen und Winkel des kleinen Möbels, und dazu rauchte der Alte seinen Kanaster oder pfiff stillvergnügt vor sich hin, so wie er's immer beim besten, frühesten Schaffen an der Staffelei gehalten hatte.

Die Tochter stand dabei und schüttelte lachend den Kopf. »Aber Vaterl! Der Malerwastl kann doch« ... »Nix da! Malerwastl! Selber Malerwastl! Oder glaubst d' vielleicht, ich kanns nicht grad so?« und drohend zückte er den saftigen Pinsel gegen die Tochter.

Bis in den Mittag hinein saß er am Bettstattl, vergaß aufs Essen und mit ihm die Enkelkinder, die jauchzend um den Großvater waren und immer wieder riefen, sie hätten gar nicht gewußt, daß der Großpapa so schön malen könnt', und der Maxi schwor bei Stein und Bein, nichts anderes als ein Maler werden zu wollen und Bettstattln anzustreichen. Immerzu Bettstattln, und der Großpapa müßt's ihm lernen.

Als er fertig war, da ging er voll Liebe um sein Werk herum, und alle mußten kommen und es sehen: die Tochter, die Kindsmagd, die Köchin und der alte Hausl. Und alle waren des Lobes voll, und die Exzellenz strahlte vor Freud.

»Naa«, sagte die Köchin, »naa, Exlenz, schöner hätt's da Malerwastl aa net ferti' bracht!« Und die Exzellenz freute sich über dieses Lob mehr als über manchen Orden von einst. Nachmittags kamen Freunde aus der Stadt: Künstler, Gelehrte und ein abgrundtief gescheiter Professor, der über Bilder schrieb. – Man saß in der Laube beim Kaffee, und der Kunstprofessor konnte die Rede nicht mehr länger halten, er zergliederte und verglich und untersuchte den Parallelismus der Palette zwischen den Frühbildern unseres Meisters und seinem Werk in der Dresdner Galerie: »Dämmernde Welt« und fand mit viel Geist und Wort die Linien zur neuen Kunst heraus, legte sie klar und entwirrte verborgene Fäden ... es prasselte nur so von »ismen« und »ungen« – indes der alte Maler mit seinen großen grauen Augen in den Garten sah und damit einer brummelnden Wespe von Blume zu Blume folgte. Und auf ihr Brummeln hörte er viel lieber als auf das Plätschern des Kunstprofessors ... »Und an welchem Werk, verehrter Meister, haben Sie wohl am liebsten gearbeitet, was dünkt Sie selbst um Ihr Schaffen in den letzten Jahren der Vollendung Ihrer Kunst?« Der alte Maler lächelte fein – es war wie Verlegenheit und leise Abwehr, was um Augen und Mund ging, als der Gast ihm mit der Kunstsuada so dicht auf die Haut rückte. – Seine Hand machte eine unbewußte Abwehrbewegung, als wollte er all das Reden um sein Werk von sich weisen wie einen lästigen Mückenschwarm. Er sagte in seiner stillen, ein wenig müden, gelassenen Art und nicht sehr bewegt von Frage und Antwort: »Mein lieber Professor, ich weiß es selbst nicht. – Es ist wohl wie mit Kindern. Man hängt an allen gleichermaßen. Zorn und Liebe, Bitterkeit und Freude, Hoffnung und Enttäuschung ist dabei. Manches geht weg und wird fremd, man kennt es nimmer, versteht das eine oder andere nicht mehr, es gehört der Welt, der Fremde, gehört den vielen ... gehört irgendeinem, indes der Vater ...«

Der Maler brach die Rede ab und sah wieder in den abendlichen Garten.

Es wurde kühl, man ging ins Haus und zeigte den Gästen Bau und Anlage des Landsitzes, denn es war am Nachmittag einmal von Landhäusern und ihrer zweckvollsten Bauart die Rede gewesen.

Man kam auch ins Kinderzimmer. Dort stand das kleine Bettstattl, weißfarbig glänzend, und es duftete noch von Farbe und Arbeit im Raum.

Der alte Maler ging darauf zu, besah seine Arbeit noch einmal, wie verstohlen, mit liebevoller Zufriedenheit, und als sich die Gäste schon zur Tür wandten, um wieder auf den Gang zu treten, da stand der Alte immer noch vor seinem Tagwerk, und in seinem Gesicht war ein glücklicher Schimmer.

Der Kunstprofessor wandte sich um und wollte etwas fragen. Da wies der Maler lächelnd auf das Bettstattl und sagte zu ihm: »Sehn S', Herr Professor, mein letztes Werk!«

»... W–wie meinen Exzellenz? Sie selbst ...?« Der Kunstprofessor bekam große, runde, hilflose Augen: »Belieben zu scherzen! Großartig! Der Herr Geheimrat als Anstreicher! Großartiger Scherz!«

»Ja«, sagte der Maler, und in seiner Stimme war ein kleiner, fast unmerkbarer Bruch: »... Mein letztes Werk und eins von den glücklichsten ...«

»Finden Sie nicht, Herr Kollege«, sagte der Kunstgelehrte auf der Heimfahrt, »finden Sie nicht, der Meister wird jetzt alt – sehr alt und merkwürdig – manchmal sehr merkwürdig ... Also, das mit der Bettstatt ...! Tolle Sache! Eine Anstreicherarbeit nennt er eine seiner glücklichsten! – Toll, nicht wahr ...!«

Wiedersehen mit einem Beurlaubten

Noch vor kaum zwei Wochen war's, wenn wir den Schrank öffneten, da hing, ganz in die Ecke gedrückt, ein Wesen im Dunkel, das wir fast nicht wiedererkannt hätten. Draußen strahlte ein herrlicher sommerwarmer Septembertag, und wir suchten den leichtesten Anzug heraus. Dabei kam uns der Langvergessene in die Finger, der Wintermantel. – Wie verächtlich, wie mitleidig, wie spöttisch haben wir den dicken Gesellen beiseite geschoben. Wenn das Thermometer zwanzig Grad im Schatten zeigt, ist einem nichts so sinnlos als ein Wintermantel.

Ganz fremd, wie die Hülle eines Unbekannten, erscheint er uns in den warmen Tagen. Es ist, als ob wir uns gar nicht mehr erinnern könnten, jemals diesen schweren Burschen getragen zu haben. Aber wie sie halt so wehen die Münchener Zephire und balsamischen Lüfte: fast über Nacht, mit dem letzten Glockenton des Oktoberfestes, war das herbstliche Sommerwetter verschwunden, und eine scharfe, kalte Spätjahrsluft mit Grieseln, Rieseln und Nebeln am Morgen und Abend belehrt uns, daß es zu Ende ist mit Sommerspäßchen, auch wenn die Meteorologen dem September 1932 das Zeugnis ausstellen, er sei der wärmste seit hundert Jahren gewesen.

Schon hustet's und schnupft's da und dort auf den Wegen, und wir sind froh um eine warme Schale. Der Wintermantel wird zum erstenmal wieder aus der Tiefe des Schranks geholt. Das ist wie ein Einschnitt im Jahr, ein Tag, der uns nachdenklich macht. Mit Wilhelm Busch sagen wir: »Eins, zwei, drei – im Sauseschritt eilt die Zeit, wir eilen mit.«

Jetzt, wo wir den Wintermantel am Körper haben, ist's uns doch, als hätten wir ihn erst gestern abgelegt und nicht vor einem halben Jahr.

Freilich, ein leiser Kampferduft macht den guten Dicken doch wieder ein bißchen fremd, aber um so schöner! Wir haben das Gefühl: wir gehen frisch eingekleidet auf der Straße, quasi mit neuer Linie ausgestattet, wir sind geradezu gut aufgelegt, wie immer, wenn man nach längerem Einerlei wieder eine andere Kleidung trägt.

Die Finger unternehmen Expeditionen im Mantel und müssen sich erst wieder in den halbvergessenen Täschchen zurechtfinden. Da fördern sie aus der Tiefe ein zusammengerolltes Papierchen, eine Eintrittskarte ins Kino. Welcher Film mag das wohl gewesen sein? In der Brusttasche findet sich ein kleines lustiges Photo vom Silvesterabend, da, in einer Futterritze übersommerten vier farbige Konfettiflinserl, eine halbgeleerte, dürre Zigarette kommt zum Vorschein, ein zerknülltes Konzertprogramm, und hier, in diesem verborgenen Seitentascherl, da rührt sich zwischen verschrumpelten Fahrscheinen etwas ganz fest und hart an ... Ah! Ein vergessenes Fuchzgerl! Ein Geschenk des Himmels. Ein verlorener Sohn, über den mehr Freude ist als über hundert Gerechte. Gut geht sie an, die kalte Jahreszeit!

Christbaumkugeln

Eine Weihnachtsbetrachtung

Kugel – schönes Wort der deutschen Sprache! Daran ist alles rund um den vollen, dicken Vokal »U«. Das kollert und kullert schon beim Aussprechen, und wenn's für Tausende von Wörtern je ein Dutzend Umschreibungen und sinngleiche Verkleidungen gibt: die Kugel läßt nichts anderes an sich heran. Das ist ein Wesen von höchster Formverbindlichkeit, aber zugleich von außerordentlicher Distanzierung.

Kugeln lassen sich nicht zusammenschachteln wie Rechtecke, Würfel, Pyramiden, Walzen – Kugeln sind Aristokraten: Jede hübsch für sich, sind sie pralle Philosophen: spiegeln die Welt, aber machen sich nicht mit ihr mehr gemein, als es auf dem kleinsten Fleckchen nötig ist. Gewiß: nicht ohne Hang zur Geselligkeit, aber auf Berührung läßt man sich so wenig wie möglich ein.

Eine Schachtel mit Christbaumkugeln, die ja nun noch dazu aus sprödem Stoff, aus Glas, geschaffen sind, ist wie ein Asyl von noblen Einsiedlern.

Sie haben freilich auch kein Alltagsschicksal. Acht oder vierzehn Tage lang wiegen sie sich im festlichsten Glanz und Licht, um dafür fünfzig Wochen im Dunkel und in Vergessenheit zu ruhen.

*

Die »Christbaumschachtel«, vom Speicher oder aus dem Kammerkasten geholt, verstaubt und fremd, ist den Kindern von Jahr zu Jahr eine vorweihnachtliche Augenweide. Die größeren unter den Kleinen begrüßen da die einzelnen Kugeln wie alte, gute Bekannte. Da ist die große rote und die märchenblaue kleine, da die schillernde bunte und hier die silberblanke, da ist eine als Äpfelchen maskiert und dort eine als Weintraube, strahlend gelb und von festlichstem Leuchten. Auch lange Ketten von kleinen, lustigen Kugelkindern, an der Silberschnur aufgereiht, gleiten durch die Finger und rischeln und rascheln aneinander. Wer kann – groß oder klein – der Versuchung widerstehen, sein Gesicht im Rund der Christbaumkugel zu spiegeln? Breitmäulig und plattnasig, verzogen und verbogen, in allen Farben des Regenbogens dazustehn, ist für jeden ein schaurig schönes Vergnügen. Man ist als Kind so oft heimlich um den Baum geschlichen, um nie müde am bizarren Konterfei zu werden.

In manchen Christbaumkugeln war (und ist heute noch) im Spiel und Leuchten ihrer Farbe ein ganz besonderes, geheimnisvolles Leben, wie ja auch die von den Geschmäcklern so belächelten Gartenkugeln in das Grün ein seltsam zauberisches Element bringen.

Die große purpurne da war dem Kind neben aller Pracht ein bißchen schreckhaft, unheimlich. – Es geisterte in ihrem Rot etwas wie von den Schauer- und Blutgeschichten, die die Schulkameraden und Lehrbuben in der Werkstatt wußten, so daß einen ein Gruseln ankam, das zwischen Lust und Angst, Neugier und Bangen hin und her zitterte.

Die gelbe aber mit ihrem strahlenden, warmen Schein war Fest und Freude, hatte etwas vom flammenden Herdfeuer in sich, in das man immer wieder – trotz aller Verbote – wie gebannt hineinschaute, das mit dem Schürhaken aufgewiegelt wurde. Ganz besonders lockte die blaue mit ihrem Märchenlicht, ihren hellen, kalten, wandelnden Reflexen auf dem dunklen Rund, die wie das letzte Flämmchen in der Lampe ein ganz weltenfernes blaues Schimmern aus dem Unwirklichen brachte. –

Erinnerung an eine dieser Kugeln, die, übriggeblieben, liegengelassen, ein Spielzeug für Kinderfinger gewesen ist, ein verbotenes und daher doppelt süßes.

Erst rollt die Hand behutsam die Kugel eine kleine Strecke über den blanken Tisch, dann immer weiter, immer weiter, zuletzt im frevlerischen Versuch bis knapp an die Tischkante. Zweimal – dreimal – vier-, fünfmal. Und dahinter der gar nicht ausgedachte Wunsch: sie soll zerschellen, soll aufweisen, was hinter ihr ist, und dann ging's über die Kante hinweg, mit leichtem Ping-Päng auf den harten Boden. Da lagen die Splitter: nüchtern und entzaubert. Die Lust wich der Angst. Tolpatschige Kinderfinger suchten Reste zusammenzufügen, und gleich quollen aus feinen Wunden Blutströpflein in die Splitter. Ein erster Fingerzeig des Lebens, daß man hinter Illusionen und Geheimnisse nur mit Weh und Wunden blickt. Als Rest bleiben Scherben ... Und nicht nur bei Christbaumkugeln!

Erinnerungen

Ort: Sonnige Bank vor dem Spital.

Zeit: Vor Kirchweih.

Personen: Zwei alte Herren.

»Aber a so san s' de Leut! De moanat'n ja, sie kunnt'n nimmer sei ohne Gans auf Kirchweih. Koa Spar'n, koa Z'sammhalt'n mehr vom Gerschtl.«

»Macht mir gor nix aus, daß i jetzt koane mehr kriag. I kunnt s' a so net derbeiß'n. Na hat ma' aa nix davo'.«

»Und na' is' allweil no a Glückssach'. Legst an Haufa Geld hi' und kriagst na' an recht'n zaach'n Teifi. D' Leut verstehng'n ja heut nix mehr von Gäns. Wo sollt'n si's denn herham, de Madln, wo heut heirat'n, ham ja nix mehr im Kopf wia eahnane Tolett'n und 's Motorradl.«

»Ham S'n scho' no' kennt, den alt'n Scheggl, no' den Expediter, auf Nummro zwölf, vorig's Jahr hat er z'sammpackt, der hat was von Gans verstand'n! So oan' werd's weit und breit nimmer geb'n, sei Vater is ja a Ganshandler g'wen, in der alt'n Entenbachstraß' ham s' eahna Anwes'n g'habt. Is scho' lang wegg'riss'n. Aber der ist scho' als Bua mit de Gäns aufg'wachs'n. Schad daß'n studiern ham lass'n, aber der Ehrgeiz halt, der Ehrgeiz! Mei Rosina selig hat aa was verstand'n davo', aber gega 'n Scheggl hat s' net hi'steh' könna. Mir san mit eahm all'weil auf'n Markt ganga an Kirchweih. Raus kennt hat er s' auf'n erst'n Griff, de wo mit Körndl'n g'fuattert war'n. War'n net vui da. An an Bach müass'n s' aufg'wachs'n sei', hat er g'sagt, und am besten san s' von de Müllna, weil s' da Körndln gnua kriag'n. Dem hat koa Händlerin was vorbleami'n könna! So a sieb'n-pfündige ham' mir allweil kaaft, bei der Frau Schleibinger, de ham s' selber zog'n. Lebt aa scho' lang nimma! Hat vui Verdruß mit de Kinder g'habt. A' Tochter is mit an Kunstmaler verheirat. Dös war a reelle G'schäftsfrau, d' Schleibingerin, aber an Scheggl hat's doch g'schiecha. Bringa S' mir nur net allweil den daher, sagt s' zu meiner Rosina selig. Für den derfat'n Gansln vier Schlegl hom.«

»Er, der Expediter, hat si' allweil nur a Gansjung kaaft. A Jungg'sell und jed'n Pfenning an sei' Briafmark'nsammlung hi g'hängt. Hat halt jeder seine Idealle. Sei' Jungs hat er si' selber herg'richt. A solche Soß wer'n S' no kaam kriagt ham. Er hat si' selber kocht, wissen S'. Des mög'n ja d' Hausfrau'n net gern. Bei der Hacklin hat er g'wohnt. Aber sie hat aa nix sag'n mög'n, weil er ihr an Teller von der Soß geb'n hat, und sie hat oft g'sagt: »I sag's, wia's is, i bring s' net so z'samm, das Gansjung. An dem is a Koch verlor'n ganga, am Scheggl, der hätt' in de' größt'n Hoteller sei' könna! Mei Rosina selig hat eahm allweil a paar Küachl nüberg'schickt, aus G'fälligkeit, weil er uns de Gans verrat'n hat. Mir hätt'n eahm ja ganz gern was von der Gans aa geb'n, aber wissen S' ja selber, was an ana Gans dro' is – da ko' ma' net lang mit'm Verteil'n o'fanga'.«

(In Erinnerung verklärt): »... an an Bach sollt'n s' halt aufg'wachs'n sei' und mit Körndln g'fuattert ...«

Wenn man aufs Essen wartet

In regelmäßigen Abständen zischen alle Sommerfrischler im Wirtssalettl: tsz, tsz, tsz, tsz ... den Naturlaut der Ungeduld und Entrüstung. Man ist hungrig und will essen. Aber die Wirtsköchin sagt: »Mir ham aa warten müassen auf de Bagasch!« Und sie lädt zornig zu einer Vorspeise ein, die nicht für jedermanns Zunge sehr lecker und im allgemeinen nur auf Kirchweih gebräuchlich ist. Die Kellnerin sagt: »I' ko' mi' net darenna!« Und derrennt sich nicht. Die Gäste warten.

Man spielt mit Messer, Gabel, Teller und Salzbüchseln, Zahnstochern und Bierfilzeln. Die Kinder besehen sich ihr Gesicht in der Rundung des Löffels und grinsen so lang hinein, bis der Vater erzürnt und voll Grimm mit seinem Löffel auf die Finger der Sprößlinge haut. Denn er hat Hunger und kann deshalb Ungebührlichkeiten nicht sehen. Worauf die Mutter ihm einen Blick voll Klage und Anklage zuschickt und ihren Kindern, so ostentativ als eine Frau sein kann, die Tränen trocknet. Denn die Mutter hat Hunger und ist deshalb ostentativ. Was die Laune des Vaters nicht bessert. Er dreht heftig den Teller um seine Achse und würgt Zorn, Durst und Hunger ingrimmig hinab. Der Fritzl muß ein Bier holen. Die Miezl muß Semmeln holen, die Anni muß in die Küche und fragen, wann der Rostbraten fertig ist.

Sie kommt mit dem erschöpfenden Bericht, die Wirtin habe gesagt: »Wann er ferti is, is er ferti.« Der Vater erwürgt mit beiden Fäusten unterm Tisch einen imaginären Gegner und ächzt dann: »Skandal!« Die Mutter sagt: »Bappi, reg dich nicht auf!« Dies regt den Bappi noch mehr auf. Er sagt: »Ach was! Geschwätz! Ich reg mich doch nicht auf! Aber du regst einen auf ...!« Die Mutter nadelt an ihrer Stickerei weiter und sagt nichts mehr. – Sie schweigt intensiv – vielschweigend! Das regt den Bappi noch mehr auf! Der Fritzl dreht Brotkügelchen. Er bekommt eine Ohrfeige. Die Miezl muß in die Küche und fragen, was mit dem Rostbraten los ist. Die Köchin heißt sie einen frechen Bankert, und die Miezl kommt heulend zurück. Fritzl und Miezl schluchzen das Tischtuch an. Die Mutter wischt ihnen Augen und Nase. Der Bappi schnaubt und sagt, es sei das letzte Mal, daß er in die Sommerfrische gehe. Er ruft heiser vor

Zorn: »Fräuln Vevi!« Die Kellnerin ruft automatisch »Glei'!« zurück und verschwindet aus dem Gesichtskreis. Über dem Tisch hängt nachtschwarz eine Gewitterwolke. In Bappis Augengläsern wetterleuchtet es. Jetzt braucht die Anni nur noch das Limonadflaschl umzuwerfen ...

Der Bappi hat das Messer in der Faust. Er könnte die Vevi kalten Blutes abschlachten, wenn sie nochmal »Gleiiiiii« sagt!

Der Fritzl leckt als Vorspeise mit dem Finger Salz auf ... Die Anni muß in die Küche und fragen, was mit dem Rostbraten ist ... Die Mutter seufzt und sagt: »Bappi, reg dich nicht auf. Denk an deine Leber!« Der Bappi brüllt: »Ich reg mich doch nicht auf!!«

Die Hälse aller Gäste recken sich. Jetzt wird die erste Platte hereingetragen. Gierig gehen die Augen den Bratenplatten und Salatschüsseln nach. Bestecke klirren, Zeitungen rascheln zusammen, mitten im Satz muß das Interesse an »Weltpolitischen Ausblicken« dem Interesse an Bratenanteilen weichen, und Rabindranath Tagore- und Courts-Mahler-Bände klappen rücksichtslos vor der Vevi zu und werden unter den Gegenpol der Seele verstaut. Festliche Erwartung! »Hierher, Vevi!« »Daher, Vevi!« »Unsern Niernbraten.Vevi!« »Wir haben noch keine Suppe,Vevi!« »Gleiiiiii!!!« Dazwischen hinein ein schneidender, schwertscharfer Ruf: »Hör'n Se mal,

Fräulein Vevi! Nu' warten wa schon 'nn jeschlachene Stunde! Nu kommen Se mal ran ...«

Und der Herr in der blauen Leinenjacke und dem schmetternden Antlitz zieht alle Augen und Ohren in seinen Bann. Feindselige Augen! Und irgendwo orgelt ein tiefer Bierbaß: »Freili! Obakemma und 's Mäu aufreißen! Für eahm pressiert's b'sonders! Halt mi, Amali, sunst muaß i' hi'geh! Wo mir scho' a Stund dasitzen ...!!«

*

Alle sind versorgt. Friede auf Erden. Man hört nur freundliches Geschirrklappern, Besteckklirren, leises, wohlbehagliches Kauen. Spannung, Ärger, Zorn haben einem tiefen Seelenfrieden auf den Gesichtern Platz gemacht. Der Bappi ist über seinen Rostbraten gebeugt, und die Mutter schneidet den Kindern vor, und der Bappi ist schon ganz abgeregt, und ein Semmelschmarr'n von Güte liegt auf seinem Antlitz. Nach Tisch sind alle Menschen gütig.

Ein kleines Faschingsspiel

»Die Großzügigen«

I

Personen: Er und Sie, ein junges Ehepaar. Der Freund. Teestunde am Nachmittag vor dem Faschingsfest.

Der Freund: ... Ja, und dann gab's also eine richtige Szene mit Zimbeln und Posaunen. Mitten auf dem Fest! Denn so reizend und voll Scharm sie sein kann, so klug und beherrscht sie sonst ist – in ihrer Eifersucht wird sie manchmal geradezu kindisch ...

Die junge Frau: Und dabei ist er doch so ein herzensguter, rührend anhänglicher Mensch. Wie sie nur so einfältig und kleinlich sein kann in dieser Beziehung ...

Der junge Ehemann (überlegen): Solche Leute gehören auf kein Faschingsfest, wenn sie sich nicht ein paar Stunden voneinander frei machen können. Das ist doch gerade der Reiz: freie Bahn dem Tüchtigen! Großzügigkeit. Nicht wahr, Lilli! (Streichelt seiner Frau zärtlich das Haar.) Ich zum Beispiel bin richtig stolz, wenn mein kleiner Lump da recht viele Verehrer findet, wenn die Männer um sie rum sind wie die Bienen um den Zucker. (Mit pfiffiger Verruchtheit.) ... Und dabei bleibt mir dann freies Feld!

Die junge Frau: ... Ich würde ja auch für einen Mann danken, der auf einem Fest keine andere Eroberung macht als seine eigene Frau!

Beide: Wir legen uns an so einem Abend nichts in den Weg.

Er: Unsinn! An einer Faschingsnacht sich gegenseitig auf der Pelle liegen!

Sie: Ferien von der Ehe! Das ist's, lieber Freund!

Der Freund (kühn und burschikos): So was hör' ich gerne, Frau Lilli!

Das Ehepaar (sehr unternehmungslustig): Ach Sie! Sie zählen ja schon gar nicht!

II

(Auf dem Fest. – Musik, Farben, Jubel, Trubel, Menschen, Maskerade. – Das Ehepaar verabredet sich an der Garderobe): Also Punkt vier Uhr früh treffen wir uns hier wieder. Mach's gut, Lumperl! – (Beide großzügig ab in verschiedener Richtung.)

(Später. – Der junge Ehemann mit einer rassigen Odaliske, die junge Frau mit einem schlanken Spanier tanzen aneinander vorbei.)

Er (küßt seiner Frau im Vorbei die Hand): Amüsierst du dich gut?

Der Spanier: Geistvolle Anrede! Witzig sind die Leute! So ein dämlicher Bruder!

Sie (ein bißchen verlegen): ... ein guter Bekannter von mir. Sonst ein sehr netter Mensch ...

Der Spanier: Na, das Netteste an ihm ist wohl, daß er bekannt mit dir ist ... Übrigens: die Frau, mit der er tanzt – kennst du die? Das ist doch die Soviso Rosse! Stil! Viel zu schade für den.

Sie: Oh, das interessiert mich! Die Soviso! Finden Sie – findest du die wirklich so nett? Männer haben da ein ganz anderes Urteil. Ich finde sie ja auch sehr nett, sicher ... aber was Besonderes? Ein bißchen gewöhnlich, nicht ...?

Der Tänzer: Na, aber pikant ist sie schon. – Sie hat für Männer was fabelhaft Anziehendes ...

(Die junge Frau ist bestrebt, mit ihrem Tänzer möglichst in Sichtweite des anderen Paares zu bleiben.)

*

(Das andere Paar.)

Die Odaliske: ... übrigens, pussier' nicht so in der Landschaft herum! Was mußt du denn diesem Bäzimäh vorhin die Hand küssen, wenn du mit mir tanzt?

Der Ehemann: Geh, die war doch so nett!

Die Odaliske: Ich finde, Männer haben immer so ein komisches Urteil über Frauen. Ganz nett! Ja! Aber ihr Tänzer war mit Abstand der Nettere. Kennst du den nicht? Den Spanier! Das ist doch der

Soundso! Der mit den vielen Affären. Begreiflich. – Ein Typ, der auf Frauen unwiderstehlich wirkt!

Er: Na, mein Typ war' er nun gar nicht ...

Die Odaliske: Du bist ja auch gar nicht gefragt. (Der Ehemann sucht mit seiner Tänzerin möglichst in Sichtweite des anderen Paares zu bleiben.)

*

(Der Spanier und die junge Frau nach dem Tanz an einem Tischchen. Der Spanier wirbt verliebt und zärtlich um die junge Frau.

Der Ehemann kommt mehrere Male mit der Odaliske dicht vorbei und legt den Arm sehr innig – fast ostentativ – um seine Schöne.

Worauf: Die junge Frau plötzlich dem werbenden Spanier einen Kuß gewährt.)

Der Spanier: Seltsame Frau! – Irgend etwas ist jetzt bei dir nicht im Lot ... Du bist unkonzentriert. – Nicht bei mir! Ich fühle das ...

Die junge Frau: Aber doch ... wie kommen Sie nur ... wie kommst du nur auf so was!

Die Odaliske (zum Ehemann): Wo schaust du denn nur immer hin. Suchst du jemand? Genüge ich dir nicht?

(Der junge Ehemann sieht seiner Partnerin mit zentralgeheiztem Glutblick in die Augen und sucht durch betonte Leidenschaftlichkeit zu versöhnen.)

(Pause.)

Die junge Frau (zum Spanier): Also ... auf Wiedersehn. Ja! Bestimmt! Zur Française! Hier an dieser Säule! Sicher. Die Leute sind nämlich furchtbar böse, wenn ich ihnen nicht wenigstens Grüß Gott sage ...

(Ab.)

Der Ehemann (zur Odaliske): Einen Augenblick. Die da draußen in der Garderobe müssen mir eine Nadel pumpen. – Mein ganzes Kostüm ... hier an dieser Säule ... ich komme bestimmt – einen Augenblick nur ...

*

(Das junge Ehepaar hat sich gegenseitig nicht aus dem Aug' gelassen. Er kreuzt – abseits vom letzten Schauplatz – ihren Weg, den sie, auf ihn zu, genommen hat.)

Er (mit verhaltenem Grimm): Dir geht's gut, wie? (Hält sie am Arm.)

Sie: Au! Gibt doch rote Flecken! Du lernst wohl diese Manieren bei deiner Faschingseroberung!

Er (zornig): Ausgerechnet diesen notorischen Gecken, diesen Fatzke, diesen Affen mußt du dir auswählen ...

Sie: ... Rede nur du! ... Wer an so ordinären, widerwärtigen Frauenzimmern Geschmack findet ...

Er: ... Ich bin großzügig. Das weißt du. Aber daß du ausgerechnet auf diesen Burschen hereinfällst ...

Sie: Daß du unter tausend Frauen ausgerechnet die gewöhnlichste, unappetitlichste ... (Mit Tränen) ... und überhaupt, ich geh jetzt heim. Ich will dich nicht stören bei deinen – Weibern ...

Er: Reizende Vorwürfe. Wenn solche Männer dein Typ sind ...! Ich danke!

(Sie pudert lautlos schluchzend Naschen und Wangen und nimmt mit unsicheren, aber schnellen Schrittchen Kurs auf die Garderobe. Dort dreht sie sich hilflos um. Er hat ja die Marken.)

Er (steht schon hinter ihr. Sehr zärtlich): Komm Lumperl, kleines, wir wollen wieder gut sein. Is' ja lächerlich ...

Sie (mit versöhnten, lächelnden, leuchtenden Augen): Also komm' du! Grad spielen sie unseren Tanz.

Er: Ich habe droben auf der Galerie ein reizendes Laubentischerl ...

(Der Spanier und die Odaliske tanzen Wange an Wange an dem Ehepaar vorbei.)

Er: Nichts als Odalisken! – Ein bißchen phantasielos sind die Mädchen schon ... Wie dick sie weiter weg aussieht ...

Sie: Findest du nicht, daß der Spanier die Nase schief sitzen hat ...

III

Teestunde am Tag nach dem Fest.

Der Freund: Und wie war's gestern auf eurem Fest?

Er und Sie: Ganz reizend! Entzückend! Fabelhafte Stimmung! So nett wie noch nie!

Der Freund: Erlebnisse? Abenteuer? Eroberungen?

Beide: ... einen ganzen Berg!

Der Freund (mit falscher Biederkeit): Ja, so wie Ihr es haltet, ist's natürlich sehr amüsant: Wie haben Sie gesagt, Frau Lilli: Ferien von der Ehe?

Beide: Natürlich! Ein bißchen großzügig muß man an so einem Fest schon sein!

Der Freund: Denn da hat kein's ein Vergnügen, wenn man eifersüchtig ist ...

Er und Sie (umarmen sich jäh und innig. Zum Freund): Ach, Sie Neuling, Sie Idiot, Sie Kind! Das war ja gerade das Schönste: das Eifersüchtigsein!

Sie erzählt vom Faschingsfest bei den »Hasen«

Wissen S', Frau Baumhackl, mir san ja gwiß net genußsüchtig und ausschweifend, wissen Sie's ja so, wia's is, wenn ma sei Gerschtl zsammhaltn muaß – aber, wenn alle närrisch san, denkt ma si, tuat ma halt aa amol mit! I woaß gar koane Zeitn mehr, daß i auf an Ball oder a Redout komma bin. Aber as Fannerl is halt jetzt aa in deni Jahr, net wahr?

Des derfa S' ma glaabn, i hab in meiner Jugend auf de Ball allweil a Mordsgriß ghabt. Mei, wenn i drodenk, wia i amal als Postillion ganga bin. – Ganz narrisch warn d' Mannsbilder hinter mir her, wia i da in de weißn Hosna aufzogn bin. –

Jessas naa! Was hätt i da für a Partie machn kenna. Der Expeditor Zirngibl hätt mi vom Fleck weg gnomma. – Aber damals bin i schon mit meim Alisi ganga, mit mein Mo – und wo d' Liab hifallt, fallt s' hi, und wenn s' auf an Mist fallt –, Sie, der war net vui eifersüchtig, wia i da als Postillion ganga bin! – A Hosn ziagst mar nimmer o! hat er beim Hoamgeh gsagt. Ganz leidenschäftli ist er worn damals. Mei, des warn Zeitn. – Wenn ma denkt, wia sie alles ändert! – Jetzt hat ma selber a Madl, das ma ausführn muaß. – No, sagt mei Alisi, geh ma halt wieder aufs Fest vom »Verband der Stallhasenzüchter«. No ja, Sie wissen scho, wen i moan: an Hasenverein halt! – Das is allweil sehr nett, hervorragend! Frau Baumhackl, zünfti und grüawi.

Jetzt war's halt so a Sach mit de Kostümer! Als Postillion, wissen S', mag i heut doch nimmer geh – d' Hosen war ja no da – die is vo meim Bruader selig – und der Frack aa. Aber eng is halt schon alles! A bißl spanna tuat's, und nachher mag ma sie in so an Verzug doch nimmer zoagn! No, sag i, i mach an Kaminkehrer. I hab no an Posten schwarzen Satin. Da hab i mir na a Klüftl gschneidert. Sie, da hättn S' mi nimmer kennt! Und dazua an Alisi sein Zilinder, und vom Kaminkehrer Scheibl ha i an Drahtbesen z' leihn kriagt.

Unser Fannerl natürli, de is als was Gschupfts ganga. Sie wissen ja, wia de jungn Madln heut san. Sie is als Eton-Boy ganga oda wia ma sagt. A ganz a kurz Höserl, a schwarz Frackerl und aa an Zilinder. Den hat ihr unser Zimmerherr gliehn. No, mei Alter, der ziagt halt allweil sei kurze Wix o und sagt, als Gscherter da is am grüawigstn, da is ma halt ozogn! Na ja, is ja wahr: als Gscherter is allweil am bequemsten. Da braucht ma net lang Geckerl macha!

So san ma am Samstag abend furt. In der Trambahn hätt's bald an Krach gebn, weil so a Hammi auf draaht hat, weil i eahm mit meim Drahtbesen a bißl an sein Kohlrabi hikumma bin.

Sagt er: des is aa notwendig, daß de altn Weiber no Maschkra genga! Wissn S', de Leut san ja so gemein und ordinär! Aber da is er zu mir grad zur Rechtn kumma. I hab mir des Bürscherl z' leihn gnomma: Sie, hab i gsagt, leihn S' ma Eahna Gsicht, na geh i als Aff Maschkra! – Und mei Alisi hat gsagt: wenn er net staad is, na derlebt er was.

So san ma na in d' »Alhambra« kumma, und da war scho a Mordslebn. Der Vorstand hat uns glei begrüßt und an Vorstandstisch higesetzt, und da war d' Frau Offiziant Briesmüller gsessen und ihrer Rosl, und wia mir da uns hinsetzn – des Gsicht hättn S' sehng solln! Wia mi de ogschaut hat! Ihr schialige Rosl war als Türkin da. Aber scho so brennmager, sag i Eahna! Da hat sie de Briesmüllerin über mei Fannerl a so gift, daß grea worn is! Sie kenna mei Fannerl, guat gwachsn, wia s' is, des muaß ihr der Neid lassn. – Na ham mir unsern Aufschnitt auspackt und zerscht a mal richtig gessen! Mei Mo hat si an Niernbratn bstellt, und es war a sehr schöne Portion, schö unterwachsn, mit der Niern.

D' Frau Offiziant Briesmüller hat allweil auf den Bratn gschaut und hat na gsagt: Des kann si halt a Beamter net leisten! – Na hat s' mei Fannerl ogschaugt und sagt: A Schamgfui ham de Fraunzimmer heut gar koans mehr. Wenn ma s' so siecht, wia s' daherkumma!

Jetzt is der Saal finster worn, und nachher ham s' auf der Bühne a Stück gspuit: »Das blutige Edelweiß«. Wunderbar sag i Eahna, Frau Bamhackl. Der Kramer Bogner hat 'n König Ludwig Zweiter drin gspuit. I sag Eahna, täuschend! – Täuschend! Wia er dem armen Mädchen aus dem Volke übers Haar fahrt, wia's beim Edelweißbrocka abgstürzt is mit eahm auf de Lippen.

I geh ja selten in a Theater, ma siecht ja nix Gscheits mehr, aber des waar wert, daß Sie's gsehn hätten.

Nachher is der Tanz oganga! No, um mei Fannerl is zuaganga – dös kenna S' Eahna denka! De is überhaupts nimmer zum Sitzn kumma! Der Adjunkt Niedermaier hat ihr um zwoa Mark fufzig Pfennig a Glasl Champanjer kauft. Sie hat's fast ganz austrinkn derfa. A bißl was müassn S' für mei Frau drin lassn, hat er gsagt, sonst werd s' beleidigt. Zu mir is eigens der Vorstand kumma zum »Frasä«, und aa sunst warn de Herrn allweil so rumgschwanzlt um mi – aber des hat ja koan Wert mehr. – Mei Alisi natürli hat sie glei zu de zwoa Rallinger zu an Tarock zsammgsetzt, und i hab mir a Glas Punsch bringa lassn und a Schaumtortn.

D' Briesmüller-Rosl is allweil nebn ihrer Muatter gsessn und hat gsagt, so saudumme Tanz wia ma jetzt tanzt, kann a anständigs Madl gar net tanzn. Und leise hat s' zu ihrer Muatter gsagt – aber i hab's doch ghört –, wenn jetzt koaner kummt, na treten s' aus m' Hasenverein aus.

Der Offiziant Briesmüller is dagsessn und hat sei Pfeif graucht, und auf amal, da is – steht er auf und sagt: No Fräulein, wia hätt ma's denn mit der nächstn Tur? – Jessas naa – de Augn vo der Briesmüllerin! De Augn. Sie is glei feuerrot worn und hat gschrian: Zahln! Fräulein, zahln!

Und ihrn Altn hat s' am Arm packt und gsagt: Mir genga hoam. Bei so a ra gmischtn Gsellschaft kann si ja an anständige Familie net aufhaltn. – Da sag i: Pfiat Eahna Good, jetzt werd's na glei weniger gmischt sei, wenn Sie furt san. – Und eahnern Vater ham s' in d' Mittn gnomma und san mit eahm hoam. Wissn S', der war scharf auf mei Fannerl gwesn. – Des Sprichwort kenna S' ja: Wenn alte Häuser brenna, da hilft koa Löschn mehr!

Aber mir san no bliebn bis in der Fruah, und d' Herrn ham d' Weißwürscht nur so tellerweis herbracht, und mei Fannerl hat auf d'Letzt als de schönste Maske an Preis kriagt. – An sehr schöna Maßkruag, den ma aufziagn ko – na spuit er: In der Heimat ist es schön.

Ma werd halt wieder ganz jung an an solchen Abend, Frau Bamhackl. Mei Kaminkehrer war ganz derwutzelt und dadruckt vor lauter Tanzn. Aber des derfa S' glaubn, ma merkt halt doch, daß ma lang verheirat is.

Mei Alisi hat desmal koa Wort beim Hoamgeh gsagt, wia damals beim Postilliongwand, und wiar i ihn na a bißl eifersüchti machn will und sag: Heut ham s' mi schön herdruckt beim Tanzn, da sagt er: Ja, des is merkwürdig, wenn s' narrisch san, tanzatn s' mit an Kartoffelsack aa.

Und jetzt müaß ma's halt abwartn mit unsern Fannerl, ob 's was werd. De Männer san heut ja furchtbar anspruchsvoll. Schmetterlinge! sag i Eahna, Frau Baumhackl. – Nur bloß umanand fliagn von Blume zu Blume – wennst eahna an kloaner Finger gibst, möchtn s' de ganz Hand – aber nur net heiratn, des mögn s' net...! Es san halt schlechte Zeitn für a jungs Madl, Frau Baumhackl!

Firmungsuhren ...

Der Tag, an dem man als kleiner Bub zum ersten Male das Geheimnis der Uhr begriff, sie »lesen« konnte, ist ein Markstein im Leben. Von da ab begann eigentlich das Rechnen mit der Zeit, begann – genau genommen – das Älterwerden. Und wenn der Firmling an dem Tag, da er die ersten Schritte in die Männlichkeit tut, als Symbol der Reife eine Uhr erhält, so liegt hinter diesem Firmgeschenk über die Erinnerungsgabe hinaus ein tieferer Sinn. Ins Leben des Kindes kommt die Zeit. Und hört nicht mehr auf mit ihrem unheimlichen Ticktack. Zeitlosigkeit ist auch ein Paradies, das das Kind verlassen muß, um dafür in das rationalisierte und rationierte Leben der Erwachsenen zu gleiten.

Dem Firmling freilich ist das Geschenk der Zeit noch sehr genußreich. Er kümmert sich im ganzen Leben nie mehr so oft und so genießerisch darum, was die Stunde geschlagen hat, als an seinem Firmungstag. Der Firmpate trägt den Geschenk-Chronometer fürsorglich in der Gehrocktasche und überreicht ihn nach Herabsendung des Geistes feierlich seinem Patenkind. Des Firmlings Hochgefühl zu schildern, wenn ihn jemand nach der Zeit fragt, vermag keine Feder. Nie mehr wird ihm im späteren Leben das Glück, bedeutend, wichtig, notwendig zu sein, in solchem Maße beschert. Kein Minister nach feierlicher Amtseinführung, kein Feldherr nach dem Sieg kann es mit einem Firmling aufnehmen, der die Uhr zieht. Das ist schlichte Größe – Weihe des Augenblicks.

Nicht wenig Männer tragen auch späterhin ihre Firmungsuhr. Man hängt an ihr als an dem letzten, beständigsten Stück aus Kindheitstagen. Alles an uns hat gewechselt, hat sich gewendet. Die Physiologen sagen, daß innerhalb von sieben Jahren sogar unsere körperliche Substanz immer wieder anders geworden ist. Gar nicht zu reden von Anzügen, Stiefeln, Hüten, aus denen wir herauswachsen, von Meinungen, Leidenschaften, Weltanschauungen, die verbraucht worden sind. Nichts ist mehr an uns, was vor zwanzig, dreißig Jahren war. Geblieben ist die Firmungsuhr. Wie es so eine kleine Zwiebel schafft, mitzukommen, ist staunenswert. Und wenn wir hundertmal aufgeklärt, kalt und praktisch geworden sind, von Zeit zu Zeit macht jeder Mann ganz heimlich wieder einmal das

Gehäuse seiner Firmungsuhr auf und schaut sich wie als Zehnjähriger das Räderwerk an. Aus reiner Lust am Wunderbaren. Nicht ohne Grund sind Uhrmacher meistens versonnene, grüblerische Naturen, Gehilfen eines großen unendlichen Geistes, berufen, aus der Ewigkeit den Tag und die Stunde zu bannen. Das silberne Gehäuse unserer Kinderuhr ist abgegriffen, Wappen und Ornament auf dem Rückendeckel sind verschabt und verebnet, auf der Innenseite sind einige Daten eingekratzt. Die waren gewiß einmal von größter Bedeutung: der erste Berg – der erste Kuß – ein glücklicher Tag.

Freundlicher Ausgleich in der Menschennatur, daß man nur das Angenehme in der Erinnerung hält. Unsere Firmungsuhr hat ein Zifferblatt mit Vergißmeinnicht. Das galt »damals« als sehr schön und sinnig. Heute lächeln ganz vornehme Leute über diese Uhr, wenn sie uns dabei entdecken. Mögen sie lächeln über die altbackene Vergißmeinnichtzwiebel. Sie ist das Vergißmeinnicht der schönen Kindheit.

»Flora« geht von Tisch zu Tisch ...

Immer wieder greift das Leben mit fester Hand in unsere Illusionen und Wunschbilder und lehrt uns, daß Wahn und Wirklichkeit zwei Paar Stiefel sind. Wie stellt uns der Maler eine Flora hin: ein hauchzartes, liebreizendes Mädchen, schleierumwallt, die aus einem Füllhorn Rosen niederstreut, holdselig lächelnd. Wie aber begegnet uns das Blumenmädchen in Wirklichkeit? Da bleibt vom schönen Bild nichts über als die Rosen. Das Mädchen selbst ist meist schon Großmutter, und daß sie von kompakteren Stoffen als von Schleiern umhüllt ist, gereicht ihr nur zum Vorteil. Auch das Füllhorn hat eine Wandlung in ein ausgedientes Zwetschgenkörberl erfahren. Diese Flora betritt das Gastlokal und überblickt eine kurze Minute das Gelände wie ein Feldherr. Sie faßt die starken und schwachen Punkte der Operationsbasis ins Auge, teilt die Tarockertische und die Nischen mit den G'spusis, die fröhlichen Gesellschaften und die einsamen Ehepaare in ihren Plan ein und beginnt dann die Wanderung. Flora hat ein gutes Gefühl für Kundschaft.

Hier: der junge Kavalier mit der Flasche süßen Hautes Sauternes wird kein Versager sein. Wer seiner Dame süßen Wein kredenzt, tischt ihr auch Blumen auf. Flora baut sich vor das Paar und hält ohne Worte der blonden, jungen Dame drei Rosen unters Näschen. Der kleine Kavalier kriegt ein bißchen Herzklopfen; denn er hat »draußen« eben einmal Kasse gemacht. Schließlich muß das Auto nachher auch noch bezahlt sein. Aber Flora wankt und weicht nicht, so daß der junge Mann schließlich doch nach den Blumen greift. »Des san' selten schöne Exemplare, gnä' Herr«, sagt Flora, »da hat gnä' Frau lang a' Freud' dro'.« Und als er sich diskret nach dem Preis erkundigt, sagt das Blumenmädchen ebenso diskret und schnell noch ein Fufzgerl draufschlagend, ihre Forderung. Das ist Floras Stärke: ein Kavalier handelt nicht vor der Dame. Ein Kavalier schweigt und zahlt.

Ein feuriger Dankblick der blonden Dame lohnt ihm die Aufmerksamkeit.

(Morgen Mittag, kalkuliert der noble Spender, gibts für diese Rosen statt Nierenbraten ein Fünftel Lionerwurst und zwei Hausbrote.)

Die beiden hier – schnell erfaßt: das ist ein Ehepaar. Noch nicht allzu lang verheiratet. Sie streicheln sich noch die Hand. Eheringe blinken. Immerhin, man muß es versuchen. Vielleicht feiern sie einjährigen Hochzeitstag? »Schöne Ros'n g'fällig, gnä' Fräul'n?« Der Mann will schon zugreifen. Aber die junge Frau fällt ihm sanft in den Arm. Nicht Fritzl, nicht. »Nein, danke!« sagt sie bestimmt. Und zu Fritzl nachher: »Geh, das Markl schenkst mir als Beitrag für das rote Kapperl, das ich bei Maierfeld in der Auslag' g'seh'n hab!«

Hier bei dem älteren Ehepaar bietet Flora eigentlich nur aus Grundsatz (Dame am Tisch) an. Richtig: ein rauher Baß sagt: »Dankschön! Brauchen nix!« Und winkt ostentativ dem Zigarrenmann.

Aber der Tisch hier, das ist ein Feld! Da sitzt eine Gesellschaft, zehn – zwölf lustige Leuteln, die haben schon ein bißl »hoch«. Richtig: jede der fünf Damen wird mit Blumen bedacht. Man muß nur schlau sein und den Mann herausfinden, der gegen das Angebot am schwächsten ist. Der Schüchterne da, mit der Brille, der konnte nicht nein sagen. Da mußten auch die andern »nachtauchen«.

Der Dicke, Wuchtige mit der Weichselrohr-Zigarrenspitze trinkt eben seiner Begleiterin zu, die auch nicht gerade untergewichtig ausschaut. Flora ist schon da. Aber der Herr Kommissionär Daxlhuber ist nicht nur ein wackerer Liebhaber, sondern auch ein guter Geschäftsmann. Er sagt nicht grade »nein« zu dem Rosenangebot. »Zoag'n Sie 's a'mal her, Eahna Waar, und er sucht unter den Rosen aus, greift die Sträuße ab, wie er es bei den Ferkeln gewohnt ist; er läßt sich nicht so leicht was vormachen. Den größten, frischesten Busch nimmt er heraus, inspiziert ihn auf den Geruch und läßt auch die Begleiterin an der Kontrolle teilnehmen. Was kost' der nachher? Was? 's Stück dreißig Pfennig? Ja, Frau, Sie san ja narrisch! Um a' Zehnerl kriag i de schönst'n am Markt! Sag'n ma' a' Zwanzgerl. Da ham S' allweil no' schö' verdient. Net? Nix nachlass'n? Ja wiss'n, mi b'sch... S' net so leicht. Mei letztes Wort: A' Zwanzgerl! Gel, jetzt verstehngn' ma uns doch! Teans 'n her, den Bosch'n! Da, Zilli, nimm des G'müas!«

Flora ist ein bißchen verärgert. Das veranlaßt sie, auch jemand ein wenig hinaufzutreiben, ihr Feind und Widersacher sitzt da. Der alte Grantlhauer, der sie immer mit so giftigen Augen anschaut, wenn sie ihn bei der Zeitungslektüre stört. Meistens geht sie an ihm vorüber. Aber heut grad extra nicht! »Schöne Ros'n, Herr!«

Unter den Brillengläsern kommen wütende Blicke heraus. Der Ingrimm zieht das Gesicht zusammen, als wenn der Mann auf einen Holzapfel gebissen hätte. Er sagt gar nichts. Und Flora lächelt, so ein recht hinterkünftiges, abgefeimtes Lächeln. Sie hat auch ihre kleinen Freuden. Die Tarocker haben keinen Blick für die Rosen. Sie sehen durch die Blumen durch wie durch Luft. Der einsame Herr da drüben? Der wartet. Flora hat an kleinen Zeichen die Diagnose gestellt. Dieses nervöse Klopfen der Zigarette, dieses auf die Uhr sehen, zur Tür hin schielen ... Das kennt man.

Flora bietet ihre Rosen an. Mit Erfolg. Man kann ja nicht wissen.

Sie ist eine gute Haut. Sie wünscht ihm so für sich, daß »sie« bald kommt.

Denn so ist sie, die Flora: wer ihr was abkauft, wird heimlich gesegnet. Aber wer patzig und abweisend ist, für den hat sie auch ihre kleine Privat-Beschwörung, ihren Hokus-Pokus: dem soll auch daneben geh'n, was er sich wünscht ... Dreimal leise mit der Zunge geschnalzt ... Dämon im Rosenkörberl!

Flossfahrt auf der Isar

Eine Floßpartie anzuzetteln ist leicht. Alle tun mit. Jeder ist begeistert. Bis es aber dazu kommt, das ist für den *spiritus rector* ein Geduldspiel von hohen Graden. Am Mittwoch, als am festgesetzten Tag, regnet es natürlich. Am nächsten Samstag ist leider ein Teil verhindert, mitzukommen. Am nächsten Dienstag kann der andere Teil nicht dabeisein. Am nächsten Freitag ist in der Früh das Wetter so unbestimmt. Von der dreißigköpfigen Besatzung sind fünf am Bahnhof, die, als um neun Uhr die Sonne herauskommt, alle zeitlichen und ewigen Strafen auf die Zauderer herabwünschen.

Aber eines Tages klappt es doch, und der Großteil der kühnen Isarpassagiere ist am Bahnhof versammelt. Wer flößt, zieht sich gebirglerisch an. Kühne Jagerhüatln sieht man da und karierte Spenzer, Dirndlkleider und Genagelte.

Auf der grünen Isar! Meist traut man herkömmlichen, sozusagen stehenden sprichwörtlichen Eigenschaften nicht so ganz. Man hat die Isar schon grau und gelb und braun gesehen.

Aber nein. Sie ist an unserm Floßtag wirklich grün. So hell, wie dieser Bergfluß nur immer sein kann, bald mit einem Schimmer ins Türkis, bald mit einem ins Smaragd. An der Lände in Tölz liegt das Floß, schwer und breit, mit Tannenbäumerl und weißblauen Bändern geziert, festlich geputzt. Eine freudige Aufregung, wie sie Kinder bei einem großen frohen Ereignis erfüllt, hat die Floßfahrer gepackt. Sorglich verwahrt liegen im Vorderteil zwei runde Bierbanzen. Floßknechte, zugleich schneidige Musikanten, rücken an und packen ihre Instrumente aus. Ziehharmonika, große und kleine Trommel, Trompete und Klarinette. Das blitzt im blauen sonnigen Tag wie Gold und Silber in der Luft, und die berglerischen Musikanten sitzen da wie aus einem Leibl-Bild heraus. Sommerfrischler schauen der Abfahrt zu. Der Floßmeister geht ans Ruder. Die Kapelle setzt an. Der schneidige Tölzer Schützenmarsch steigt zur Brücke hinauf, und das Floß mit seiner frohen, farbigen Fracht gleitet in den Fluß. Hundert Hände und Tücher winken, und Juhschrei um Juhschrei fliegt in den Sommertag.

Und Marsch um Marsch und Landler um Landler schmetterte in den strahlenden Tag, so richtig altbayrisch nach Herzenslust jodelte die Klarinette in die Zugharmonika hinein, und ein G'sangl ums andere gaben die Flößer zum besten, keinen lieblichen Holdrio-Schmarren, sondern alte, echte, gewachsene, rassige Lieder und G'stanzeln. Dazwischen hinein einen Plattler, zu dem ein Stadterer die Trompete blies, indes der Trompeter dem »Haxenschlag'n« nachkam.

Acht Stunden Floßfahrt bringen einen Heimatwinkel viel näher als hundert Bücher und Geschichten übers Gebirge. Waren aber auch unter den »Passaschieren« nicht wenige, deren Großväter noch an der oberen Isar Haus und Besitz hatten, und man konnte mit den Flößern über gemeinsame Bekannte aus Höfen und Almhütten dischkrieren, sozusagen noch als Zugehöriger.

Wie die Flößer das ungefüge Fahrzeug ohne viel Rederei und Getu wieder flottmachten, als es auf einer Kiesbank aufgefahren war, mit welch einfachen ingeniösen Praktiken, das wäre ein Beispiel für manchen großen Pimperlwichtig gewesen.

Die Landschaft. Das Isartal. Dieses Flußtal ist wie der schönste Traum. Es ist stundenweit einsam wie die Welt am ersten Schöpfungstag. Im weiten Bett strömt der grüne Fluß, vielfältig verzweigt durch das Land. Über den Tannenwäldern am Ufer steht im zitternden Sonnenglast der Auwald. Wundervoll in der Farbtönung klingen Luft und Gras, Gestein und Wald zu herrlichen Bildern. Ein dunkles Wetter baut sich im Süden auf. In das blaue Schwarz des Himmels wachsen gespenstisch weiße Wolkentürme, indes der Norden noch im Lichte liegt. Wie heben sich Mauern und Kirchtürme leuchtend aus dem schieferschwarzen Himmel über den goldgrünen Buchenwäldern am Georgenstein. Aus einem einsamen Häusl am Hang grüßt das Floß ein Jodler wie eine überirdische Schalmei, und in Schmunzeln löst sich der Bann, als die Jodlerin, ein altes Weibl, zum Vorschein kommt und die Flößer ihr neben der Anerkennung nicht ganz ernstgemeinte Wünsche und Anträge zurufen.

Im grünen Fluß neben dem Floß schwimmen und tauchen die braunen Leiber der Badenden, es ist, wie wenn ein guter Zauberer allen Spuk der großen Stadt, der schweren Zeit, der entgötterten Natur mit gütiger Hand aufgelöst hätte in zeitlose, grüne Wasser-, Baum- und Himmelseligkeit.

Im Dämmern gleitet das Floß an der Lände bei Maria Einsiedel ans Land. Es ist, als ob ein schöner Zauber geendet hätte, und Heimweh nach dem glücklichen Tag geht mit uns zu der nächtlichen Stadt, zu den Mauern, mit.

Vor der Fütterung

Ein Tiergarten-Bilderbogen

Die Frau mit dem Kirschenhut wirft dem Löwen durchs Gitter unter zärtlich lockendem Bßßßß... Nußkerne zu. Ihr Mann mit der kalten Virginia im Mundwinkel schaut erst verächtlich auf ihr Treiben und sagt dann: »Deine Nuß' werd er fress'n, der Löb! Da hat er g'wart' drauf. Kunnt'st eahm glei' an Kartoffisalat 'neischmeiß'n ...«

Sie: Warum? Fress'n de Bär'n doch aa Nuß! De Bär'n san doch grad solchane Raubtiere.

Er: Ja, weil s' net hoakli san. S' san richtige Säu, de Bär'n. De fress'n alles. Aber so a Löb, der rührat dir koa G'müas o, eher gang er drauf.

Sie: Is scho wirkli a königliches Tier, so a Löb. Schaug nur grad des Auge o, wia er oan o'schaugt ... Als wenn er's kennat ...

Er: Was sollt' er denn kenna? Der denkt si' höchstens: Mei' Ruah möcht' i ham!

Sie (mit leiser Anklage): San net alle so, daß all'weil eahna Ruah ham möcht'n.

Er: Geht eahm nix ab. Hat sein Auslauf, sei' Fress'n – – a Löbin is a da ...

Sie: Aber de Freiheit, gel, da sagst nix. De geht halt so an Viecherl mehr ab wia alles andere. Wenn ma uns a so ei'sperrat ...?

Er: Is ma o'g'hängt g'nua ...

Sie: Mach nur du Sprüch! Wenn ma dir dein Stammtisch in Käfig stellat, nachher merkast gar nix vom Ei'sperr'n. So a Löb hat a größere Sehnsucht wia Tarock spuin. Der möcht in d' Natuhr, in Urwald möcht er ...

Er: Geh, red' dir net so schwer. Weil si' der scho was aus der Natuhr macht. Und im Urwald g'hört er gar net 'nei, wennst was verstehst, der is in der Wüste zuaständig.

Sie: ... Aber a Sehnsucht hat er doch ... Schaug nur, wia er all'weil auf und ab lafft!

Er: ... Weil er aufs Fress'n wart'.

Ein kleiner Knabe: Gel', Mami, wia da Bappi lafft er auf und ab der Löb, wenns Ess'n net ferti is!

Eine Mami (verweisend): Tua schö' brav sei', Franzi, und red' net so dappat daher.

Der Franzi: A Supp'n braucht er aber net ess'n, der Löb?

Die Mami: Geh, du Kasperl, wia werd denn a Löb a Supp'n ess'n!

Der Franzi: Ja, weilst all'weil sagst, daß ma sunst net groß und stark werd. Is ja der Löb aa groß und stark ...

Die Mami: Jetzt bist amal staad. Schaug nur, wia er ans Gitter hupft. Und des G'schroa ...

Ein Herr (mit einem Zwicker an der Leine): Das, liebe Frau, ist kein Geschrei, der Löwe schreit nicht, er brüllt ...

Die Mami: Is ma aa recht. Sag'n halt Sie nachher Brüll'n für des G'schroa.

Eine ältere Dame (zum Wärter): Hören Sie mal, lieber Mann, halten denn die Gitter auch wirklich fest? Sperren Sie auch gewissenhaft ab ...? Das wär' ja schrecklich, wenn so ein Raubtier aus Versehen plötzlich ausbrechen würde ...

Der Herr (mit dem Zwicker): Der Löwe, meine Dame, würde in diesem Falle vermutlich keine Gefahr bedeuten. Es ist anzunehmen, daß er – menschenscheu, wie er ist – flüchten würde. Ein Löwe, der noch kein Menschenfleisch kennt, geht uns aus dem Weg ...

Der Herr mit der Virginia: ... Ja, des wissen halt Sie – ob's aber der Löb aa woaß ...?

Die Frau mit dem Kirschenhut: Mein Gott, tean de Viecher greisli! Ja, gibt's denn so was aa! Da verstehst ja dei eig'ns Wort nimmer. De führe si' ja wia de Wuid'n auf ...

Er: Hab i dir ja glei g'sagt, daß dir de auf deine Nuß was pfeif'n. Siehgst as, da bringa s' scho Brotzeit. An jed'n an solch'n Schlanz'n Fleisch. –

Sie: ... Angst waar mir, wenn i des in ara Woch zwinga müaßt ...

Er: Im Landauer Hof war a amal oaner, da ham s' g'wett', daß er vier Pfund Filet auf oan Sitz abidruckt ... A halb's Pfünderl is überblieb'n.

Sie: Is ja net möglich, daß oa Löb a so a Trumm Fleisch dakraht ...

Der Herr (mit dem Zwicker): Raubtiere haben wie alle Fleischfresser einen kurzen Darm. Sie können unbeschadet ihrer Gesundheit unglaubliche Mengen ...

Die ältere Dame: Glauben Sie nicht, daß dieses schreckliche rohe Fleisch den Tieren doch schadet. Ich glaube, daß es besser verdaulich wäre, wenn man's ganz leicht anbraten ließ. Meine Munzi, wissen Sie, das war eine wunderbare Angorakatz, die hat rohes Fleisch überhaupt nicht angerührt. Herr Wärter, ist denn das Fleisch wirklich ganz roh? Könnten Sie nicht mal ihrem Direktor sagen, daß ich mit meiner Angorakatze die besten Erfahrungen mit gekochtem ...

Der Herr (mit dem Zwicker): Der menschliche Organismus allerdings sträubt sich heute gegen rohes Fleisch. Ob indes für unseren Darm Fleisch überhaupt ...

(Die ältere Dame, als sie das Wort »Darm« an sich gerichtet hört, dreht dem Herrn entrüstet den Rücken.)

Der Mann mit der Virginia: Da san S' aber schiaf g'wickelt, Herr Nachbar, wenn S' moana, as Fleisch waar nix für de menschlichen Därme. Schaug'n Sie's nur o, de Vegetarianer ... Jetzt gibt's sogar oa, de genga auf d' Wies'n und fress'n de Pflanzln von der Erd'n raus ... Da wer'n s' was derleb'n mit eahnerne Gedärme ...

Die Frau mit dem Kirschenhut (betrachtet mit großen Augen, aus denen Grauen und Bewunderung spricht, wie der Löwe sein Rippenstück zerknackt und zerfetzt): A solcher Wuidling! Naa, de Zähn wenn i hätt! – Alisl, was moanst, daß der Dokter Vordermaier für a Goldkrona verlangt, wenn i de alte drauf gib? ...

Die Mami (mit dem Franzi): Schaug nur, Franzi, wia's eahm schmeckt, dem Löb'n!

Der Franzi: Macht eahm des nix.

Die Mami: Was soll's eahm denn macha?

Der Franzi: Ja, weilst all weil sagst, beim Ess'n muaß ma si Zeit lass'n, sunst waxst oam a Stoa im Bauch ...

Die Mami: Naa, so a dummer Bua! Mit dir kann ma scho wohi geh ...

Der Herr (mit dem Zwicker): Gut gekaut, ist halb verdaut, mein Junge! Und jung gewohnt, ist alt getan!

(Die Mami nimmt ihren Franzi mit mißtrauischem Seitenblick zu sich.)

Der Mann mit der Virginia (wohlwollend): Im Ess'n laßt si' neamhd gern was dreired'n. – Kumm, Amali, genga ma no nüber zu de Nilpferd. I siechs bei dera Hitz gern, wenn s' a so unters Wasser genga. Macht oan aa an so schöna Durscht!

Amali, die Frau mit dem Kirschenhut, betrachtet noch immer den Löwen, wie er genießerisch Fleischsaft und Blut vom Boden leckt. Sie lockt zärtlich Bßbßbß und wirft ihm einen Nußkern durchs Gitter ...

Das Gansviertel

Eigentlich wollte man das Gansviertel zum Abendessen aufheben. Aber dann war der Sonntagnachmittag so schön, und da sagte der Vater Zaglauer nach dem Mittagsschlummer zu den Seinen: »D' Sonn muaß ma ausnutz'n! De schöne Tag wer'n rar. Packts das Stückl von der Gans ei'. Heut tuat oan d'Luft grad guat. Wenn ma na ei'kehr'n, ham ma glei was zum Zuaklaub'n –. D' Natur is nia so wunderbar wia im Herbst. De Farb'npracht jetzt is unbeschreiblich. Tua's aber in a guats Pergamentpapier nei', wo d' Fett'n net durchläßt.«

Die zwei Kinder, das Fannerl und der Maxi, werden von der Mutter geschruppt und in ihr Sonntagsanzügerl eingekleidet. Der Bappi läßt das Krawattl in den Kragenknopf hineinschnalzen, und seine Gattin nimmt den guten Schirm aus dem Kasten. »San ma's? – Na gehn ma!«

So gegen fünf Uhr bricht Vater Zaglauer die Wanderung ab. Er sagt: »Jetzt ham ma gnua von der Natur g'habt.« Er hält mit den Seinen aufatmend vor dem Gasthaus zur Post in Haglhofen, wie ein Pilger, der Mekka erreicht hat. Man läßt sich in der Wirtsstube nieder.

An ihrem Tisch sitzt noch ein einsamer Gast, der freundlich den Gruß erwidert und gleich eine zutreffende Wetterdiagnose ausgibt: »Des san g'schenkte Tageln«, sagt er und sticht mit seinem Stilet den letzten Rest Preßack vom Teller: »De dünne Luft hungert oan aus. Wenn S' da in der Wirtschaft was essen woll'n: nur den hausg'macht'n Preßack. Des is an Wirt sei Spezialität. Kriag'n S' nirgends so.«

Die Frau Zaglauer legt ihre Hände schützend, als ob sie den Goldschatz der Reichsbank zu wahren hätte, um ihre umfangreiche Handtasche und sagt mit verschämtem Stolz: »Mir ham selber was dabei. A Stückl Gans!«

»Ah so!« Der Tischgenosse schweigt achtungsvoll und anerkennend. Frau Zaglauer packt das Ganserl aus. Der Bappi zieht das Papier mit dem knusprigen Viertel zu sich hinüber. Maxi und Fanni spielen mit dem Salz- und Pfefferbüchsl Eisenbahn, und als der Maxl das Senfhaferl noch an den Zug rangieren will, kippt es um.

Die Mutter Zaglauer schaufelt zürnend mit dem Löffelchen den Senf zurück und sagt: »Grad nix wia ärgern muaßt di mit de Bams'n.«

Der Vater Zaglauer, sonst ein strenger Erzieher, ist schon durch das Gansviertel seelisch so in Anspruch genommen, daß er seine pädagogische Mission bei einem scharfen Blick bewenden läßt. Der Tischgenosse meint: »San halt Kinder.«

»Ja, Kinder!« sagt die Mutter Zaglauer. »So lang s' kloa san, tret'n s' oan auf d' Füaß, und wenn s' groß san, aufs Herz!« Sie richtet das Senfhaferl wieder zurecht.

Dann gibt sie ihren Kindern dicke Butterbrote. Der Bappi ist daran, kunstgerecht das Viertel zu verteilen. Dann trennt er ein Stück Papier ab und schiebt seiner Gemahlin ein Stück von dem Braten zu. Erst hat er schon das Schlegerl auf dem Altar der Familie opfern wollen, aber es kostete der Mutter Zaglauer geringe Überredungskunst, ihn in diesem Entschluß wankend zu machen. Sie teilt das Reststück unter sich und die Kinder. Aber die Kinder stochern in dem kostbaren Fleisch ohne übermäßige Begeisterung herum, bis der Vater die Gottesgabe energisch an sich nimmt.

»De Kinder«, sagt er, »wissen net, was guat is. De fressat'n 's nur so aus Zeitvertreib. Überhaupt is a Fleisch gar net guat dafür. Da kriag'n s' a sauers Bluat.« – Er nimmt das saure Bluat zu allen Familienlasten auch noch auf sich. Der Tischgenosse hat vom Auswickeln an die Manipulation an dem Gansviertel mit größter Teilnahme verfolgt! Er nimmt eine Brille aus dem Futteral, um seine Sinne zu schärfen. Dann sagt er anerkennend: »De is richti durchbrat'n, Frau, a kernig's Fleisch, a schöne Krust'n und recht hell. – So san s' guat.« Dann nimmt er das Augenglas wieder ab und gibt wie ein ernstes amtliches Gutachten den Befund. »A so a acht – neun Pfündl hat de g'habt. Da san S' net ausg'schmiert wor'n.«

Das findet Vater Zaglauer auch. Nachdem das Fleisch weg ist, fieselt er die Knochen so blank und sauber, als wenn sie monatelang in einem Ameisenhaufen gelegen wären. Die Kinder vergnügen sich indessen im Hausflur, indem sie von Bierbanzen zu Bierbanzen hüpfen und dann den Gutl-Automaten untersuchen.

Sie betteln die Mami um ein Zehnerl an. Aber sie sagt: »Nix da! Da hat jed's a Laug'nbretz'n!« Und der Vater meint, am letzten Knöcherl nagend: »Wo kummat ma da hi, Kinder müass'n si was versag'n kinna!«

Die Mutter Zaglauer hat ihr Stück, nachdem sie ein Bröckerl abgeschnitten hat, wieder eingewickelt. »I hab leicht gnua! Tuas nur du ess'n, Bappi.«

Aber Vater Zaglauer bleibt fest: »Waar no schöner! Des is grad no was für di, auf d' Nacht, Rosina, waar scho' guat, wennst du leer ausgangst!«

»Da ham S' no a schöne Mahlzeit, Frau«, sagt der Tischgenosse.

Die Mammi verstaut das kleingewordene Paketchen in der Handtasche und schnabuliert eine Semmel, hin und wieder mit einer Prise Salz gewürzt.

Vater Zaglauer sagt: »Richtig o'ess'n sollt ma si halt an ara Gans könna. So a schöns Trumm auf oan Sitz!«

»Geh«, sagt seine Frau, »wer'n mas jetzt rumschlepp'n! De ess'n ma jetzt z'samm – na is weg.«

Der Vater, ein bißchen verlegen: »I sag net naa! Auf a kloans Stückl laß i mi ei!« Und er schneidet die Hälfte vom Gansrestl ab.

Zaglauer ist kein zaghafter Esser. Er ist fertig, als die Mammi eben die ersten Stückchen kunstvoll auf ihrer halben Semmel verteilt.

Sie schneidet ihren Rest nochmal in zwei Teile und schiebt ihrem Gatten die eine Hälfte über den Tisch: »Is ja recht, wenn's dir schmeckt! I hab ja no gnua auf der Semmi!«

Vater Zaglauer zerlegt mit drei festen Schnitten sein Restchen, und ehe die Mammi mit ihrer halben Semmel fertig ist, putzt er das Messer am Papier und sagt: »So, des war jetzt a schöne Brotzeit!«

Soll eine Frau mit Appetit schmausen, indes ihr Mann vor leerer Tafel sitzt und traumverloren, schwärmerisch auf die Knöchlein des Mahles blickt? So kalt ist keines Weibes Herz. Sie reicht ihm das letzte Stück hinüber und sagt: »Raam auf mit dem Bröckerl, daß guat Wetter werd!«

Kann ein Mann gegen solche Eindringlichkeit hart sein? Er nimmt das Opfer auf sich und sagt: »No, so tua's her in Gott'snam'. Is net der Müah wert, daß ma's no rumziagt!« – Und er macht reinen Tisch.

Mutter Zaglauer schaut im Hausflur nach ihren Sprößlingen und spendiert am Automaten doch ein Zehnerl für die Minzenkugeln. Dann nimmt sie aus ihrer Tasche ein römisches Weckerl und verzehrt es an der Sonnseite des Gasthofs, weil sie schließlich auch ein bißl Appetit nach dem Spaziergang hat.

»Sehng S'«, sagt in der Stube Vater Zaglauer zu dem Tischgenossen, und das Ganserl gibt seinen Worten noch einen leisen, aromatischen Nachhall, »hat scho was für sich, as Familienleb'n, wenn oan aa Kinder manchmal Verdruß macha! Ma teilt halt Leid und Freud mitanander. – Hat ma amal a guats Bröckerl, ham alle ihr Freud dro, und des freut oan na als Familienvater aa! Ei'teil'n muaß ma's halt!

Sehng S', i selber brauchat in de schlecht'n Zeit'n koa Gans. I kunnt's g'rat'n. Aber seine Leut möcht ma halt doch manchmal was zuakumma lass'n. Seit'n Fruahjahr liegt mir mei Frau in de Ohr'n weg'n so ara Gans. Gibt ma halt amal nach! Hat sunst aa net vui, de Frau.«

Der Tischgenosse nickt voll Weisheit und Güte: »Da ham S' recht«, sagt er, »manchmal muaß ma so an Glustn von de Weiberleut nachgeb'n.«

Der Glaskasten

In der guten Stube im Bauernhaus, in alten Bürgerwohnungen, in den »schönen Zimmern« draußen in stillen Märkten und Landstadtein, da findet man ihn noch, den guten alten »Glaskasten«. Ein Basl, ein geruhsames goldenes Hochzeits-Ehepaar, ein alter schrulliger Spitzweggevatter, eine Großmutter – sie haben da noch alle die kleinen Sacherl aufbewahrt, die ein Leben spielerisch begleiten. – Der Boden in der niederen Stube ist mit langen Bretterdielen belegt. Tritt man darauf, so hört man im Zimmer ein ganz leises silbernes Klirren und Klingeln. Das kommt vom »Glaskasten« her, und oben am Sims zittert ein dicker rotbackiger Apfel ein bißchen mit.

Den Glaskasten beim Basl anschauen, das war zu unserer Kinderzeit ein Fest. Ein Museum ist sicher vieltausendmal reicher, schöner, kostbarer, und vor Ritterrüstungen, Schwertern, Morgensternen, vor Hellebarden und Trommeln, vor Staatsgewändern und Prunkmöbeln entzündet sich auch die Kinderphantasie. Aber so schön war's doch nicht, als wenn man die Herrlichkeiten im Glaskasten anschauen durfte.

Alles ist darin aufbewahrt, was in einen kleinen bürgerlichen Alltag einen Schimmer von Glück und Glanz brachte. Da war der Brautkranz mit dem Schleier, der die Mädchen bannte, den schon die Urgroßmutter getragen. Eine silberne Glocke durfte man – einmal im Jahr – an dem schwarzen Ebenholzgriff in die Hand nehmen, und das Läuten klang nach Christkindl und Lichtern. Der große rubinrote Bierkrug gehörte dem Großvater. In das Glas sind Rosen eingeätzt, schaut man durch, so strahlt die Welt in magischem Licht, und hier: im Stiel eines beinernen Löffels sieht man durch winziges Löchlein – ein Auge zugedrückt – den Wallfahrtsort Birkenstein.

Aber vielleicht war es noch schöner, wenn das Basl nach vielen Verwahrungen und Ermahnungen die Spieldose herausnahm. Rundum ist das Gebirge gemalt mit Almen und Kühen, Adlern und Gletschern, Jäger und Sennerin, und wenn man an der kleinen, weißköpfigen Kurbel drehte, so klingelte daraus ein zärtlicher Landler wie aus einer überirdischen Welt.

Von mystischer Feierlichkeit erfüllt war der rote Wachsstock, goldornamentiert mit dem flammenden Herzen in der Mitte. Er hatte den Zauber des winterlichen Adventmorgens an sich, wenn in der dunklen Kirche im unendlich weiten, tiefen Raum die Lichtlein vor den Engelamt-Beterinnen schwammen, auf dem Messingbeschlag der Bank das Metall aufblitzte, das »Tauet Himmel ...« zum Gewölbe sang, und kam man aus der Kirche, so roch es durch die dämmernde Frühe herrlich nach Kälte und Schnee, nach Kaffee und frischen Nudeln. Auch das Heidnische war nicht fern, der schaurig schöne Schrecken früher Kindertage: ein kauernder Chinese, der mit seinem fratzenhaften grinsenden Kopf unendlich oft nickte, tippte man nur ein bißchen mit dem Finger daran. Von einem seefahrenden Vetter war die große perlmuttrige Muschel, aus der dem glühenden Ohr der Ozean geheimnisvoll entgegenrauschte. Die größeren Buben durften manchmal die silberbeschlagene Tabakspfeife eines Ähndels in den Mund nehmen und daraus imaginäre Wolken paffen.

Ein beineres Büchslein war da, auf dessen Deckel ein liebliches Elefantenkind stand – erster und nachhaltigster Eindruck aus der Zoologie fremder Zonen. Goldene und silberne Riegelhauben und Borten machten die Wangen der Mädchen rot vor Freude, wenn das Basl sagte: »Schön brav wenn's seid's, dann kriegt ihr's einmal ...« Ein prächtiger Rauschgoldengel, flimmernd, glitzernd, in metallischem Purpur, Gold und Silber, funkelte wie ein kleiner Gott hinterm Glas, das silberne Schepperl aus der Zeit, da das alte Basl noch ein kleines Kind war, hat noch das verblaßte rosafarbene Seidenbandl um, mit dem es die Spenderin schmückte. Filigranrosenkränze sind da und Firmungsbilder, Kommunionkerzen und ein silberbeschlagenes Gebetbuch mit blauem Samtdeckel, zinnernes Miniatur-Meßgerät von einem Kinderaltärchen, steinharter Christbaumschmuck aus farbigem Tragant. Eine wächserne Krippenfigur, ein Heiliger Drei König im Brokatmantel, hält gute Nachbarschaft mit geschliffenen Weingläsern und schön beblumten goldrandigen Namenstagstassen von Tauf- und Firmpaten. Die Schäferin aus Porzellan, ein Schühlein, gefüllt mit Stoffblumen, ein kleiner Bacchus auf einem goldenen Füßlein bringen weltliche Luft in die fromme Umgebung. Himmelblau ist der Glaskasten austapeziert, und an den Kanten der Tragbretter sind Papierspitzen.

Mag sein, daß den Kindern von heute der Zauber eines solchen Schreins nicht mehr so ans Herz klopft wie ehedem, als der Hansl oder das Annerl noch keinen Unterschied zwischen Zwei- und Viertaktmotor kannten. Sie haben heute eine andere Romantik. Man soll nicht sagen, daß sie deshalb ärmer geworden sind; denn Kinder sind in allen Verkleidungen der Zeit die wahren Phantasienaturen, die sich über alles Gegenständliche hinaus eine Welt in den Himmel bauen.

Die Vitrine hat im Bürgerhaus den alten Glaskasten verdrängt. Porzellan, edel und kostbar, ist in geschmackvoller Auswahl und Anordnung da untergebracht. Aber selten fällt ein Blick darauf; denn Kostbarkeit und Geschmack allein ist noch nicht Leben. Die Kinder im Haus müssen recht Obacht geben, daß man nicht im Eifer von Spiel und Balgerei hingerät. Das ist alles für sie. Der alte Glaskasten mit seinem lieben Kram war uns mehr.

Hinter der Glasscheibe

Die Fernsprechzelle liegt am Rand einer kleinen Anlage. Ganz nahe am »Telefonhäusl« steht eine Bank. Von der aus kann man eine Viertelstunde das Ein und Aus an der Zelle beobachten und aus den Gesichtern der Besucher lesen: kleines und großes Erleben, Hoffnung, Enttäuschung, Freude, Neugier, Trauer – Schicksal.

Zwei junge Mädchen sind jetzt in der Zelle, mit Mappen unterm Arm. Man hört natürlich nicht, was sie sprechen, aber ihre frischen Gesichter hinter dem Glas sind allein eine Geschichte. Sie haben es soo wichtig! Da ist eine Aufregung, bis mit unsicherer Hand die größere von den beiden die Nummern wählt, mit Gekicher und Gewisper. Sie stoßen sich gegenseitig mit den Ellbogen an, und jetzt hält die eine die Hand vor den Mund, als wollte sie eine vorlaute Bemerkung unterdrücken, indes die Sprecherin vor Spannung die Augenbrauen hochgezogen hat und die sonst so glatte Stirn runzelt.

»Er« wird am Telefon sein, der flotte Gymnasiast oder Student, mit dem ein Stelldichein verabredet werden soll, oder vielleicht haben sie den »Schwarm« angeklingelt, den berühmten Sänger oder Schauspieler Schmalzpfefferer, um die verehrte Stimme zu hören, oder vielleicht soll ein kleins Schwindel- oder »Versetzmanöver« vor sich gehen. Jedenfalls ist das eine lustige, spannende Angelegenheit, die sich da drin begibt, und als die beiden aus der Zelle kommen, Haar und Hütchen ordnend, da glühen die Gesichter noch vor Eifer, und noch immer können sie sich vor Lachen nicht fassen. Man hört ein Redebruchstück: »... glaubst du, daß er es geglaubt hat ...?«

Nach ihnen steht eine stattliche Dame am Fernsprecher. Sie stellt eine Einkaufstasche sorgfältig auf das schmale Tischchen und balanciert sie mit allerlei Versuchen aus, bis sie gut steht. Sie läßt sich Zeit. Dann blättert sie im Nummernbuch vor und zurück, zieht dazwischen einen Handschuh aus, verfolgt mit dem Finger eine Namenreihe und noch eine und noch eine. Blättert wieder zurück, wieder vor ...

Der Handwerksmeister oder Geschäftsmann, der unterdessen vor der Zelle wartet, macht schon ein saures Gesicht dazu. Die Dame drinnen fingert jetzt aus ihrer Einkaufstasche eine Handtasche und daraus wieder ein Geldtäschchen und daraus wieder nach längerem Sichten und Suchen ein Zehnerl. Sie setzt es an den Schlitz. Aber da hat sie wieder die Nummer vergessen und muß nochmal nachsehen. Jetzt klappt es, und dann sucht der Finger bedächtig die Rufnummer zusammen. Ohne Übereilung. –

Der Wartende wendet sich schon empört um und murmelt was von »Frau'nzimmer« und »net erleb'n« ... Die Dame hinter der Scheibe spricht. Nach jedem Satz geht ihr Kopf ruckartig vor, der Zeigefinger bekräftigt dazu mit rhythmischen Luftschlägen. Es muß eine energische Mitteilung oder Aufklärung sein. Dem Gesicht nach sagt die Dame gerade: »... Und ich verbitte mir ...!«

Aha! Eine telefonische Standpauke. Eine Auseinandersetzung über einen Ratsch und Klatsch ...

Der wartende Herr klopft jetzt mit dem Knöchel an die Scheibe. Empört wendet sich der Kopf der Dame ihm zu, um sodann mit erhöhtem Eifer und Nachdruck das Gespräch zu führen.

Dann: wiederholte Ansätze, den Hörer einzuhängen, aber es gibt immer noch was festzustellen. Endlich – endlich! Das Geldtäschchen wird in die Handtasche verstaut, die Handtasche in den Einkaufsbehälter, der Hut wird zurechtgesetzt ... Mit giftigen Blicken messen sich der Eintretende und die Austretende.

Als der Mann drinnen schon am Wählen ist, öffnet sich nochmal die Zellentür, und unsere Dame flötet hinein: »Ach, entschuldigen Sie, habe ich hier nicht meinen Handschuh liegengelassen ...?«

Unser Handwerksmeister ist knapp und kurz. Er redet nicht viel – hört und gibt Antwort. Man sieht ihm an, das Telefonieren ist ihm unangenehm. Viel lieber hätte er seinen Mann Auge in Auge gegenüber. Er ist einer vom alten Schlag. – Ob man sich auf so ein Telefongespräch verlassen kann? – Er muß die Leut' sehen ... Bald verläßt er die Zelle.

Er macht einem aufgeregten Jüngling Platz, der mit letzter Ausverkaufseleganz gekleidet ist und eine Duftfahne von Friseur-Essenzen hinter sich wehen läßt. Man sieht: er ist von Kopf bis Fuß auf Stelldichein eingestellt. Kein Zweifel, er ruft seine Flamme an: Ob sie kommt? Warum sie nicht gekommen ist? Wann? Wo? – Doch die Spannung im Gesicht weicht einem beseligten Lächeln. – Er ist erhört worden. Ein Glücklicher verläßt die Kabine. Er hat vergessen, den Hörer einzuhängen. Nur schnell an den Ort des Begegnens. Noch im Entschweben lächelt er selig und stolz vor sich hin.

Nach ihm betritt ein junger Mann mit dicker Aktenmappe die Zelle. Sein Gesicht ist etwas ängstlich und ganz Aufmerksamkeit. – Jetzt hat er Anschluß. – Sein Oberkörper neigt sich nach vorne. – Immer wieder. Sein Gesicht ist ganz Erhabenheit. Aha! Der Vorgesetzte, der Chef spricht am anderen Ende. – Man spürt durch die Glasscheibe die Worte:»Gewiß, Herr Direktor... Jawohl, Herr Direktor ... Sofort, Herr Direktor...« Immer wieder verbeugt sich der Sprecher gegen das Kästchen an der Wand. Und als er eingehängt hat, macht er ganz automatisch noch eine Abschiedsverbeugung gegen die Nummernscheibe.

Ein altes Frauerl kommt in die Zelle. Ihre Augen sind gerötet, und noch rollt eine Träne über das runzlige Gesicht. Sie wischt mit dem Handrücken darüber und schaut auf ein Zettelchen. Mit unbeholfener, zögernder Hand, erst noch ein bißchen ratlos, sucht sie sich vor dem Apparat zurechtzufinden.

Dann horcht sie angespannt in die Hörmuschel am Ohr. Und wieder geht die freie Hand mit dem Taschentuch an die Augen.

Ein großes Leid scheint hier jemand anzurufen um Hilfe, um Schutz. – Den Arzt? Das Krankenhaus? Den Friedhof? Oder vielleicht einen harten, unerbittlichen Gläubiger, einen Sohn, eine Tochter, um die Kummer und Sorge herrscht ... Und das Frauerl verläßt die Zelle. Wir wissen nicht, was ihr der Anruf in den nächsten Stunden bringen wird. Auf dem Tischchen liegt noch der Zettel, verknittert und hastig abgerissen von einem Blatt, darauf in ungelenker Schrift einer alten Hand die fünf Ziffern, an die sich vielleicht ein Schicksal bindet ...

Ein kleiner Raum, so eine Fernsprechzelle, aber in ihm wächst Großes und Kleines, Freud und Leid kurz nacheinander in den Tag, und tote Ziffern werden zu Leben.

Der Glückstag

Am Sonntagabend geht Alois Scheggl mit seiner Gattin zum Essen ins Restaurant. Sie soll nicht sagen, daß sie nichts vom Leben hat. Man sucht sich einen Tisch, nicht zu nah an Tür oder Schenke, daß man sicher ist vor Zug. Dann holt Scheggl seinen alten, ausgefederten Zwicker aus dem Futteral, klemmt ihn mit einigen Schwierigkeiten auf die Nase und studiert die Speisenkarte. Er forscht lang und gründlich, bis er doch immer wieder zu dem Entschluß kommt, einen Nierenbraten mit Kartoffelsalat zu bestellen.

Die Zeilen, in denen »Kaviarbrötchen«, »Pikante Platte«, »Gefüllte Tomaten« und ähnliche Schlangenfangereien stehen, streicht er mit Verachtung. Seine Gemahlin, anders geartet, mit romantischeren Geschmacksnerven sozusagen, möchte fürs Leben gern einmal so eine »Pikante Platte« haben. Sie will ihren Alois aber nicht kränken, und so bestellt sie denn wie immer eine Milzwurst mit G'rösteten. Die »Pikante Platte« hätt' auch nicht mehr gekostet, aber sie weiß im voraus, womit ihr Alois das Gericht würzen würde: »Was – so a' damisches Zeig magst da du b'stelln. Des is ja a' Fuatter für Kanarienvögel. – Da möcht i' net mit an Schuastersteft'n 'neig'langa.«

Nachdem das Nachtmahl verzehrt ist, langt sich Alois die Zeitungen von der Wand und entzündet, bevor er die Lektüre beginnt, eine Virginia. Beim Zeitunglesen mag er nicht gern gestört sein. – Seine Gemahlin blättert in den illustrierten Zeitschriften, aber mit geringer Teilnahme. Viele der Buidln erregen ihr Mißfallen.

Da enthüllt etwa eine Dame allzu freigebig ihre Reize und macht Frau Scheggls Brauen runzeln, dort fordert eine hypermoderne Stahl- und Glasmöbeleinrichtung ihr Kopfschütteln heraus. Auch für die neuen Typen von Motorbooten und Segelflugzeugen hat sie wenig übrig. Sie würde das alles gern ihrem Alois mitteilen, aber – wie gesagt – der mag beim Zeitunglesen nicht gestört sein. So klappt sie denn die Journale bald zusammen, faltet die Hände im Schoß, betrachtet das Kommen und Gehen im Lokal, auch was den Gästen aufgetragen wird und hört ein bißchen dem Gespräche am Nebentisch zu. – Das ist seit vielen Jahren ihr Sonntagabend.

Sie läßt ihre Gedanken dabei spielen, zurück in Vergangenes, hinein in Kommendes ... Als ihr Gemahl eine Lesepause dazu benützt, die erloschene Virginia wieder anzuzünden, sagt sie: »Heut hätt' i' mein' Glückstag! D' Frau Riegler hat ma's aus de Blanett'n g'schlag'n.«

»So!« sagt Scheggl, weder sehr ergriffen noch überzeugt von dieser Mitteilung, und wendet sich wieder seiner Zeitung zu.

Da kommt die Losverkäuferin an den Tisch. »Lose gefällig, die Herrschaft'n, nehmen S' mir eins ab für den gut'n Zweck ...«

Scheggl schüttelt in stummer Abweisung den Kopf. Seine Gemahlin indes heftet ihre Augen auf das Päckchen so sehnsüchtig, daß die Verkäuferin allsogleich sich an die Frau wendet.

»Fünfhundert Mark«, sagt sie lockend, »hat vorige Woch oaner 'rauszog'n im Landauer Hof.«

Da holt Frau Scheggl mit scheuem Seitenblick auf ihren Gemahl die Geldbörse aus der Handtasche. »Geb'n S' ma' halt na' oans!« Jetzt legt Scheggl die Zeitung weg und sagt: »Wia ma' nur 's Geld so nausschmeiß'n ko'! Du werst akrat a' Glück ham! Hätt'st da um des Fuchzgerl Regensburger in Essig und Öl b'stellt, hätt'st was g'habt ...«

Aber Frau Scheggl läßt sich nicht beirren. Sie hat heute ihren Glückstag.

Ihre Finger gehen suchend den Losfächer entlang. Dann entschließt sie sich für eines in der Mitte. Vielleicht hat das Schicksal dieses Losmädchen gerade heute an ihren Tisch gesandt. Fünfhundert Mark! Das gäb' ein neues Schlafzimmer. Und wenn's nur hundert sind: ein neuer Mantel schaut dabei raus und die Wohnung tapezieren ... Aber es sind weder fünfhundert noch hundert. – Als die Frau Scheggl das Los mit aufgeregter Hand entfaltet, steht darauf: »Los Nr. 081973 gewinnt nichts.«

Das Fräulein zieht mit Dank und Bedauern ab, nicht ohne nochmal auf den Treffer im Landauer Hof hingewiesen zu haben.

Fünfhundert Mark! Das wär' das neue Schlafzimmer gewesen!

Selbst der Vermerk auf dem Los, daß man mit ihm um den halben Eintrittspreis in die Mineralien-Sammlung kommt, trägt nicht dazu bei, Frau Scheggls Enttäuschung zu bannen.

Immerhin: Scheggl legt die Zeitung beiseite und ist angeregt zu einer Unterhaltung.

Er sagt: Gel, auf dein Glückstag ham s' dir pfiffa!

Sie: ... mit oan Los alloa ...!

Er: Freili, alle nehma ma! 's G'wand tean ma versetz'n für dein Glückstag. Hab dir's ja glei g'sagt, was da rauskimmt!

Sie: War für a guat's Werk! 'as Glück is halt unberech'nbar. Hast as scho g'hört, im Landauer Hof, bei dem Herrn, hat 's ei'g'schlag'n. Das Glück, hat mei Großmutter selig allweil g'sagt, ist eine launische Göttin. I' hätt' aa koa Los g'nomma, wenn ma's d' Rieglerin net rausg'schlag'n hätt', daß heut a Glückstag is.

Er: Lafft's nur allweil zu so a ra Hex'npantscherin. Weil's a so no net narrisch gnua seids.

Sie: ... I' waar mit de fünfhundert Mark glei zum Morasch ganga. Da ham s' oans in Birke. – So a Schlafzimmer, des waar mei' sehnlichster Wunsch g'wes'n.

Er: Na nimm nur glei de fünfhundert Mark und schmeiß s' zum Fenster naus. Als ob mir koa Schlafzimmer net hätt'n ...

Sie: Sagst es ja selber, daß de Matratz'n so hart san. – Da hilft as Aufricht'n nix mehr. Und de Bettlad'n san a altmodisch's G'lump. Ärgern mi, so oft is oschaug!

Er: Na schaugst as halt net o! Zum Oschaug'n g'hör'n s' ja net!

Sie: Is ja wahr aa! Ma konn ja koan Mensch'n neiführ'n. Bei Zaglauers ham s' a so a schön's Schlafzimmer. Direkt a Freud, mit an Toalettspiag'l und Kast'ln dro und a büßende Magdalena, wunderbar, a Ölgemälde über de Bett'n und Patentfedermatratz'n ... Des hat 495 Mark kost't.

Er: Aber so lang i was z'sag'n hab, werd as Geld für solchane Schnax'n net nauspulvert. Fünfhundert Mark, des is a Numro! – Des is a kloans Vermög'n ...

Sie: Hätt's ja i g'wunna ...

Er: An Pfief hast g'wunna! –

Sie: Sei doch net gar so brudall!

Er: Weil's des bei mir net gibt, daß ma in dene Zeit'n fünfhundert Mark a so nausfeuert!

Sie: Des hätt'st na scho g'sehng ...

Er: Wos hätt i g'sehng! Gar nix hätt' i g'sehng. Aber du hätt'st g'sehng, wia des Schlafzimmer so g'spaßig über d' Stiag'n abig'flog'n waar, mitsamt der Kast'ltoalett'n. Hab i vielleicht gar nix z'red'n mehr ... San fünfhundert Mark vielleicht a Fliag'nschiß?

Sie: ... Des was i g'winn, des is mei Sach. Des geht neamd nix o und di aa net. A'mal müaß'n ma doch a neu's Schlafzimmer ham!

Er (blauroten Angesichts, schmettert die Zeitung auf die Bank): An Dr... müaß'n ma ham!

Sie wendet sich wortlos ab. Sie kämpft mit Tränen. Er aber bemüht sich mit zitternder Hand, die erloschene Virginia zu entzünden. Ein Streichholz nach dem andern bricht ab. – Sie sagt nach kurzer Weile: Der Morasch hätt's uns vielleicht um vierhundertfuchzge geb'n ...

Aber er hat sich wieder hinter die Zeitung verschanzt, deren Blätter leise zittern.

Ihre Hände liegen gefaltet im Schoß. Sie läßt die Gedanken spielen, zurück in Vergangenes, hinein in Kommendes ...

... Aber nächsten Sonntag wird sie sich doch so eine pikante Platte bestellen. Jetzt grad ... Und ihre Finger glätten sorgfältig die verschrumpelten Buge aus Los Nr. 081973.

Der Grossvater

Auf dem Chiemseedampfer fährt er mit dem Enkel: ein kleiner, weißhaariger Handwerksmeister, der sich und dem Buben einmal einen Ausflug gegönnt hat. Das Bürscherl ist etwa sechs Jahre alt und kraxelt überall auf dem Schiff herum. Der Alte sucht mit seinem alten Operngucker die Berge ab. Aber er kommt nie recht zur Ruhe. Immer wieder einmal angelt er mit dem Haklstecken nach seinem Maxi, wenn der Bub aufs Geländer bei der Maschine steigt. Der Maxi hat's gut beim Großvater. Er hat ihm eine Schokoladezigarre gekauft. Und überall darf er sich hinsetzen. Er braucht nicht so wie bei der Mutter immer auf das Gewand aufpassen. –

Das weiße Matrosenanzügerl sieht auch schon danach aus. »Maxi, du bist aber scho a rechte Wuidsau«, sagte der Großvater mit leiser Anklage. Aber er läßt den Buben! Wozu denn immer kommandieren. Der Großvater kauft sich eine Halbe. Da darf der Maxi trinken. Und dann wird der Maxi müd vom Eisenbahnfahren und vom vielen Schauen und von der Rundfahrt. – Der Großvater nimmt ihn auf den Schoß und bettet ihn mit seinen braunen, knochigen Händen. Der Kleine schläft. Der Großvater fährt ihm einmal mit schüchterner Zärtlichkeit über das wirre Haar. Da ist der Maxi gut geborgen. Die Augen in dem alten Großvatergesicht gehen weit über See und Berge und sind voll stiller Zufriedenheit.

Am zufriedensten und heitersten, wenn sie von mal zu mal das schlafheiße Gesichtl des Enkels streifen.

Ein paar wanderfrohe Mädel singen so vor sich hin – ein altes Volkslied aus ihrer Schulzeit:

... Morgen muß ich fort von hier – Und muß Abschied nehmen ...

Gymnastik

Stimmen aus dem Familienbad

De alt'n Leut war'n aa net dumm, Brömeisl, des derfst glaabn, und ham' koane solchene Danz' net kennt. Schaugs nur o', de Ziefer, was alles o'stelln, weil s' moane', si' bleib'n jünger. Hat no' koaner erfund'n de Altweibermühl! – Grad renna' und kniageln und auf marsch-marsch und an Kopf draahn ...

Aber o'schaffa wenn eahna des oaner taat – des Gekopp möcht i hörn! – Wia de schreiat'n!

Da schaug nur 'nüber, jetzt schwinga s' wieder mit de Arm und 'as G'sicht unten bei de Füaß. Wenn des g'sund sei' soll! Jessas, de' bricht si' glei' in der Mitt' ab. A' so a sperr's Frauzimmer, gar nix dro'! I' hab's allweil a bißl mollet mög'n, Holz bei der Hüttn, verstehst.

So, des san Tänzerinna'! Na is was anders! Hab scho g'les'n davo, daß s' jetzt so was aufführn. Auf was alles kumma'! Da werd des ganze Drama sozusag'n mit lauter Freiübunga' g'macht. Unser

Zimmerherr is drin g'wes'n. No, auf den derf ma net geh', der spinnt ja aa a bißl. Aber sogar der hat g'sagt, es san eahm a bißl viel Freiübunga in dem Stück. Und grad zuageh' tuats; vo mir aus. Des is was für de Fremd'n. Mir is da Tölzer Schützenmarsch liaber, verstehst.

Mei' Fanny de hat's aa allweil mit'm Gymnastik. Des Luader rührt dir dahoam koa Haferl und koan Socka mehr o'. Kimmt's hoam vom G'schäft – glei' in ihr Turnanzügerl und nix wia d' Hand und d' Füaß recht saudumm verdraahn und mit'm Zimmerherrn eahnane g'schupft'n Spruch' macha'.

Mei Alte sollt' halt no leb'n. Auf'n Vater paßn' s' ja net auf. Mei Rosina hätt's ihr scho austrieb'n, de Geckerln. No, du hast's ja kennt. Ko' froh sei, daß nimmer alles derleb'n muaß. De war besser beinand wia i'. De hätt no dreiß'g Jahr leb'n könna. Bei mir laßt's aus. In de Füaß g'spür is. Geh zua, Brömeisl, ziahng ma uns o'!

Josef

Variationen über einen Vornamen

Der Peperl. Er ist so an der Wende, wo der Ernst des Lebens mit Fibel und Schultafel beginnt. Unterm Naserl ist er immer noch ein bißl feucht, in seinen Hosentaschen sind Schusser, Spagatreste, Staniolkügerl, Teerbatzen, Semmelbrocken, Bleisoldaten, Fadenspulen, Blechschachterl, Trambahnbillets – alles, was ein Bub braucht und haben muß. Er wird von seinen Tanten mit Schokolade und Würsteln, von der Hausmeisterin mit Androhung von »Ohrwaschelrennats« und Ohrfeigen bedacht. Die Schokolade verdankt er seiner kindlichen Lieblichkeit, das Ohrwaschelrennats dem Umstand, daß er gern den Kitt aus neu eingesetzten Fenstern kratzt, um Manndln draus zu machen. – So bewegen sich denn auch seine ganzen kindlich heiteren Tage zwischen den beiden Polen menschlicher Wertschätzung; ein entzückendes, reizendes Kinderl und – ein Saubua, ein mistiger ...

Das Peperl. Das Peperl ist sein weibliches Gegenstück – um ein Jahrzehnt an Alter und Weisheit gereift, aber immer noch voll erfrischender Jugendlichkeit. – Sie ist »Wassermadl« – Biermops im Café Imperial, der Liebling alter Stammgäste, der Dorn im Auge der Kassierin. Sie besteht aus einer schwarzen Haarschleife, einem kniefreien Rockerl, das aus wohlgewachsenen Wadln kein Hehl macht, aus Filmaugen und nicht ganz sauberen Fingernägeln, einem gleichfalls von Europens übertünchter Reinlichkeit freien Serviertuch und will natürlich einmal als Pepita Pepitosa zum Kino.

Die alten Herren tätscheln ihr nicht ungern mit väterlichem Wohlwollen auf ihre runde Kehrseite, wenn sie ihnen die falsche Zeitung bringt, die Kassierin sagt giftig »Flitscherl, z'sammzupfts« zu ihr, wenn sie ein porzellanenes Bierfilzel zerschmeißt. Am Sonntag geht das Peperl mit seinem G'schpusi, dem Kaufmannslehrling Alois Hinterwimmer, aus. Sie tanzen den mondänen Tanz in Harlaching oder Grünwald, und das Lieblingslied vom Peperl ist die ethnographisch wie allgemein menschlich aufschlußreiche Weise: »Die Mädchen von Java, die sagen nicht nein!«

Der Josef. Er wiegt zwei Zentner, hat über dem grünbewesteten Bauch eine Charivari-Uhrkette, am Werktag einen Gamsbarthut, am Sonntag einen Dreiquartelzylinder. Er ist durchaus staatserhaltend und hat für alle Persönlichkeiten und Erscheinungen, deren Weltanschauung und Lebenszuschnitt seiner Auffassung entgegen ist, die Charakteristik: Schlawiner! – Am Montag hat er einen Schafkopfabend, am Mittwoch einen Kegel-, am Samstag einen Tarockabend. Begleitet ist er stets von einem hundeähnlichen Tier mit

Namen Waldl. Außerdem trägt er einen Hacklstecken und im Winter einen Havelock.

In der Deck-Krawatte trägt er eine Busennadel mit dem Bildnis weiland Ludwigs II. –. Seine Liebe zu »de Breiß'n« ist begrenzt.

An seinem Namenstag ist er seit der Firmung jedes Jahr pünktlich um halb zehn Uhr vormittags im Salvatorkeller und verweilt dort bis zur Polizeistunde.

Die Pepi. Sie ist ein älter gewordenes Peperl. Sie ist Wirtsköchin im »Scharfen Ritter«, und wehe dem, der mit ihr Konflikte bekommt.

Sie ist Mitglied vom Orts-Jungfernbund; denn der kleine Peperl, den sie einmal gekriegt hat, ist in Augsburg auf die Welt gekommen, und der zählt nicht. In München ist die Pepi Jungfrau.

Oder paßt's Eahna vielleicht net?!!

Noch besser denn als Jungfrau ist ihr Ruf als Köchin. Sie ist die Säule im »Scharfen Ritter«. Wirt, Wirtin und Gäste tanzen um sie, und sie regiert sie alle mit dem Kochlöffel. Eine strenge, aber gerechte Herrin.

Die Jossy. Die Jossy war auch einmal ein Peperl. Aber dann hat sie das Mondäne gekriegt und ist eine Jossy geworden. Sie verkauft im Parfümerieladen Mandelstamm die feinsten Seifen und Riechwasser. Glauben Sie, daß man da Peperl heißen kann, wenn man unter *Toska* und *Fleur de reine* und *Eau espagnole* lebt.

Außerdem schon z'weg'n der Buidung! Haben Sie vielleicht schon einen Film gesehen, in dem die Heldin »Peperl« heißt. – Glauben Sie, daß zu einer Pagenfrisur der Name »Peperl« paßt. Jossy! – Jossy ist auf die »Elegante Welt« und auf den »Filmkurier« abonniert. Sie weiß nicht mehr, wie man »Loawidoag« ausspricht, obwohl sie in der Quellengasse das Licht der Welt erblickte – als Peperl natürlich.

Sie läßt sich das Wort »Loawidoag« geradezu erklären, wenn sie an einen Kavalier kommt, der Bayer zu sein scheint.

Sie wird immer komplizierter als Jossy, so einfach sie als Peperl war. Sie wird später nur einen aus dem *High life* heiraten, vielleicht einen alten Adeligen, einen Rennstallbesitzer, einen Großindustriellen oder – wenn keiner von denen kommt – doch den Kassenboten Adam Kreppl vom untern Stockwerk.

José. José, als Beppi geboren, hatte später als Joseph Zeidlfinger einen kleinen Ansichtskarten- und Zigarettenladen. Die wechselvollen Zeitläufte von Krieg und Revolution hatten Beppi Zeidlfingers kommerzielle Begabung erwachen lassen und seine »Transaktionen«, die er in seiner kleineren Zeit mit dem Handwagl besorgte, vollziehen sich nunmehr mit Eisenbahnwaggons. –

Kein Handelsgebiet, das der nunmehrige José nicht schon kultiviert hätte: Briefmarken, Ölgemälde, Autoreifen, Motore, Fettersatz, Kunstleder, Aktien – José hat es erfaßt. Nun trägt er einen langen, stramm in die Taille geschnittenen Mantel, ist glattrasiert und glaubt, mit Bruno Kastner Ähnlichkeit zu haben. An den Füßen, die in ihrer Jugend die abgetretenen Zugstiefel der Nachbarin trugen, sind jetzt zarte Seidenstrümpfe und spitze, modefarbene Schuhe.

José sitzt am Abend in der Exquisitdiele mit seiner Freundin Jossy und bestellt eine *Haute Sauterne*, er hat sich von einem berühmten Architekten eigene Klubsessel anmessen lassen und kauft sich für den Bücherschrank einen Zentner Bibliophiles. Er hat den »Junggesellen« und den »Reigen« abonniert und hält sich ein Motorradl.

Wenn er sich gebildet unterhält, so sind die Eckpfeiler seiner vornehmen Konversation die Wörter »fabelhaft« und »todschick«.

Wenn ihn seine Mutter, ein einfaches, altes Frauerl, in Glanz und Gloria daherkommen sieht, sagt sie ein bißchen scheniert und ein bißchen belustigt lächelnd: »O mei! Mei' Beppi!« –

Der Sepp. Er ist Hausl beim Spornerwirt und hat bei den Leibern gedient. Wirtsmetzger und Schenkkellner, einen Meter fünfundachtzig hoch, Handschuhnummer 12 ¾. Er ist für Ruhe und Ordnung da. – Unter dem buschigen Schnauzbart steht ihm – kalt oder brennend – vom Morgen bis in die Nacht eine Virginia (sprich: Vetschina) zwischen den Zähnen, und der Untergang des Abendlandes läßt ihn ganz kalt. Er ist überhaupt nicht so leicht aus der Fassung zu bringen, der Sepp.

Was er tut, das tut er langsam, aber gründlich. Er ist weder Antialkoholiker, noch Mitglied der Friedensliga, er sagt: »Mei' Maß wann i' hab und a' Vetschina, na könna's mi alle mitanand ... Grüaß Eahna Good, Herr Niedermeier!«

Kaffee-Gebäck

Irgendwo in einem verborgenen Winkel der Stadt liegt wie eine Insel der Stillen im Land, fern von Straßenlärm und Orchesterspektakel, das kleine Kaffeehaus. Stilwandlungen – Architekturrevolten – alte und neue Sachlichkeiten der letzten fünfzig Jahre sind spurlos an dem kleinen Kabäuschen vorübergegangen. Es hat noch seine alten Gäste aus der Zeit der Gips- und Gußeisenrenaissancen, und wenn je einmal ein frecher, zugereister, hereingeschmeckter Gast duftlüstern das Öffnen einer Fensteroberlichte verlangt, so setzt diese gewagte Betriebsneuerung die ganze Schiffsmannschaft benebst den Passagieren in Aufregung. Fräulein Rosa, die Kassierin, das Idealbild eines soliden, berufstätigen Zimmerfräuleins, schiebt einem solchen Menschen die Kaffeetasse oder das Weißbierglas verachtungsvoll und widerwillig wie einem Aussätzigen auf den Tisch. Dann tätschelt ihr ein alter, sittlich bewährter Stammgast die Kehrseite, um sie zu beruhigen und abzuregen.

Dem Fräulein Rosa obliegt auch die Verwaltung des kleinen Tischchens, auf dem wie ein heiliger Gral der Aufsatz mit dem Gebäck steht: Hörndln, Bretzeln, Schnitten, Torten, Kuchen, Mohrenköpfe. Neben der angestammten Würze, die ihnen der Konditor verlieh, erhalten alle Gebäckstücke im Lauf des Tages noch eine ganz persönliche Geschmacksnote durch zahlreiche Zigarren-, Virginier- und Pfeifentabake, deren blauer Rauch tändelnd und kosend über ihnen wegschwebt.

Erfolgt vom Tortentisch eine Bestellung, so klemmt Fräulein Rosa ihren verbogenen Nickelzwicker auf die Nase, holt dann routiniert mit Kuchenschaufel und Daumen das Gewünschte vom Aufsatz herab und schaufelt ihren Lieblingsgästen auch noch die Brösel auf den Teller. Jedes Gebäck hat seine Liebhaber und ganz bestimmte Charaktere. Die Hörndln aus Hefeteig werden verlangt von ernsten, gereiften Männern, die sorgfältig ihren Vollbart an die Brust drücken, wenn sie das Gebäck – überlegt und mit zierlich gespreiztem Kleinfinger in die Kaffeetasse tunken und dann das saftige Ende zum Mund führen. Es sind die Naturen, die Tand und Leckereien verabscheuen, Kaffeehaus-Spartaner, genüg- und sparsam, sittenstreng, staatserhaltend – grundsatztreu, auch auf ihre Gesundheit bedacht und lüsternen Enkeln ein Vorbild schlichter Lebensführung.

Schon ausschweifender sind die Konsumenten von allerhand englischen und Obstkuchen. Aber auch sie sind noch lobenswert im Lebenswandel. Der englische Kuchen, mit Rosinen gespickt, wird immer noch als solides Kaffeegebäck angesehen. Sorgfältig pickt der Genießer die Krümel vom Teller und nur manchmal wagt er an Fräulein Rosa die Frage, ob dieser Kuchen nicht vielleicht ein bißchen altbacken ist. Solche Rebellen straft die Rosa mit einem vernichtenden Blick hinter den Zwickergläsern hervor und sagt: Altbacha werd er sei! Was glaabn S' denn eigentli? – Käs- und Apfelkuchen sind die Lieblinge von Frauen, die auf ihren tertelspielenden Gatten warten müssen. Sie prüfen kritisch, und wenn ihr Mienenspiel nicht ganz zufriedenstellend ist, dann sagt Fräulein Rosa zuvorkommend: »Geln S', Frau Inspektor, heut is unser Kuchen wieder ausgezeichnet!«

Auch der Nußkranz erfreut sich hier einer Bevorzugung. Er zählt zu den soliden, bürgerlichen Gebäckarten, die man genießen kann, ohne in den Ruf der Ausschweifung zu kommen.

Das Gebäck der Leckermäuler, Sybariten, der Unsoliden, Leichtfertigen, der Nichts-Als-Näscher, ist die Torte. Wer bei Fräulein Rosa Torte bestellt, erhält sie ausgehändigt – gewiß. Aber ihr Urteil über diesen Gast ist im Reinen, und sie hat sorgsam acht darauf, daß er ihr nicht mit der Zeche durchgeht. Stammgäste hier essen natürlich nie eine Torte. Das tun nur Hereingeschmeckte.

Da liegt sie, das erotische, phantastische Geschöpf bizarrer Konditorlaunen in sieben Farben aufgebaut, ornamental behandelt, creme- und schokoladen-, schlagrahm- und rumgesättigt auf dem Tablett, ein Sinnbild hochstaplerischen, gleisnerischen Wesens, eine Fremde in dem Kaffeehaus, fremd wie ihre Besteller.

Fräulein Rosa läßt die Ecke eines Zeitungsblattes über sie weggehen, sie wischt mit dem Ärmel in den Schlagrahm hinein, sie behandelt diese Torte ausgesprochen schlecht. Als Stimulans für Liebespärchen ist ihr die Torte unsympathisch. Verirrt sich so ein Paar in das kleine Kaffeehaus, so werden Rosas Zwickergläser scharf, und bemerkt sie den Austausch kleiner Zärtlichkeiten, so schüttelt sie verweisend den Kopf und macht zu den Hörndlnessern hinüber mit dem Finger an der Stirn kleine symbolische Zeichen, die sagen, was sie von der Liebe hält. Die Liebespaare bestellen die Torte. Gewiegte Verführer wissen, wie leicht ein empfängliches Mädchenherz mit Schlagrahm zu betören ist.

Der Mohrenkopf, auch in die Klasse der Luxusgeschöpfe zählend, ist weniger aufreizend als die Schlagrahmtorte, aber immer noch das Gebäck für gefühlsbetonte Zustände. Ihn verzehrt das reife Fräulein, das da in der Kaffeehausecke Offerten auf »Frühlingsglück«, »Seelenfreundschaft«, »Reife Menschen« schreibt. Der Mohrenkopf hat der Torte gegenüber etwas Treuherzigeres. Bevor er seinen Konsumenten findet, liegt er über Nacht und Tag auf dem Nickelaufsatz. Allmählich quillt zwischen seiner schwarzen Kappe und dem Boden der Schlagrahm heraus, und wenn sich die Dunkelheit über das Kaffeehäusl senkt, träumt der Mohrenkopf von Palmen und Löwen, Menschenfressern und Tropensonne ...

An ihrem Namenstag gibt sich Fräulein Rosa einer kleinen kulinarischen Ausschweifung hin: einem etwas trocken gewordenen Mohrenkopf zum herabgesetzten Einkaufspreis.

Kalender

Das dickleibige Päckchen von Tagen – dreihundert schwarze und über ein halbes Hundert rote –, der Abreißkalender, ist zusammengeschrumpft bis auf ein letztes Blättchen vor dem leeren Fleck. Die Hand der ordentlichen Hausfrau, seltener die des Hausherrn, hat jeden Morgen einen Tag ausgemerzt, in den Papierkorb versenkt samt den auferbaulichen Ratschlägen für Leib, Seele und Geist: Mittagessen – Nudelsuppe, Rindfleisch mit Petersilienkartoffeln, – »Das Leben ist der Güter höchstes nicht« (F. v. Schiller). – Turnvater Jahn geboren. – Jetzt stehen die eingepreßten Hasen und Rehe auf dem Karton wie verloren vor dem sozusagen abgegrasten Zeitfleckchen. Sie haben nur mehr einen einzigen, letzten Tag zu fressen.

Abreißkalender werden unterschiedlich behandelt. Sie sind ein kleiner Spiegel ihrer Besitzer. Die Sorgfältigen, Zuverlässigen entfernen jeden Tag zur selben Minute, kurz nach dem Aufstehen (oder Betreten des Büros) das abgelaufene Datum. Die Leichtsinnigen, die Bummler lassen einmal drei, vier, ja acht Tage zusammenkommen und zupfen dann in einem Hui die Zeit aus Vater Chronos Bart. Die ganz Wurstigen aber haben an Silvester noch den größten Teil der Blättchen, wenn nicht gar den ganzen Block hängen.

Sie lassen sich von der Zeit nichts vorschreiben. Zwei Gründe kann es für diese Kalenderignoranten geben: entweder sie sind so ungeheuer beschäftigt, daß nicht einmal der Augenblick für das Kalenderblättchen bleibt. Oder sie haben so wenig zu tun, daß ihnen auch das Abreißen des Datums zu viel ist. Der letztere Fall kommt häufiger vor, denn bekanntlich hat der Unbeschäftigte am wenigsten Zeit übrig. Indes, zur Ehre der Zeitgenossen sei's gesagt: die meisten Abreißkalender werden doch ihrer Bestimmung zugeführt. Ritsch-ratsch, das letzte Blatt, Silvester, schwebt erdenwärts. Mit dem leeren Pappendeckel spielen die Kinder noch ein Weilchen. Dann gehen Hasen und Rehe darauf durchs Herdfeuer ein ins Nirwana, allwo es keine Zeit mehr gibt.

*

Wenn schon von Kalenderrezepten die Rede ist, so seien hier für Kalendermacher – und das sind wir manchmal alle in verträumten

Stunden – ein paar kleine Anweisungen für die Silvesterküche gegeben.

Kleiner Silvesterstollen. Man nehme zwei Pfund feingeschabte Prophezeiungen und übergieße sie langsam mit einem Teelöffel voll herzlicher Neujahrswünsche. Dazu gebe man das Gelbe von sieben Kleeblättern, das Schwarze von einem Kaminkehrer sowie kleingeriebenes Hufeisen. Das Ganze rühre man in einer Schwitze von Neujahrsgedichten an und lasse es in blauem Dunst ziehen.

Gebeizter Neujahrsbräutigam. Man nehme einen gut erhaltenen, tunlichst unbescholtenen jüngeren Mann in sicherer Stellung und schabe mit einem scharfen Messer vorsichtig die Junggesellenschale ab. Dann lasse man ihn einige Zeit in einer scharfen Beize von Ledigensteuer liegen und gebe dazu eine knusprig garnierte Haustochter. Beide lasse man in der eigenen Temperatur gut warm werden, dazu vielleicht einen Löffel Schmalz von einigen Grammophonplatten. Mit einer ausgiebigen Portion Segen übergössen und mit vielen kleinen Zärtlichkeiten angerichtet, wird das Gericht an Silvester auf den Tisch des Hauses gebracht.

Und nun allseits guten Appetit!

Betrachtung an Kirchweih

Wir Kinder des zwanzigsten Jahrhunderts mögen uns noch so sehr mit Kultur, Ästhetik und Geistigkeit aller Art behängen, bisweilen kommt doch der alte Adam Mensch zum Vorschein, so wie er vor Tausenden Jahren lebte und genoß, als Buch, Rundfunk, Theater und andere Schulen der Weisheit noch unbekannt waren, da man Erhebung, Feier und Freude schlicht und geradlinig mit Schmaus und Gelage identifizierte.

Daß auch in der Geistigkeit von heute die Lust und Liebe zum guten Essen und Trinken stark durch den Firnis kommt, beweisen die Festbankette bei allen kulturellen Anlässen, bei Dichters Geburtstag, Gründung von Akademien, Museen, bei Jubiläen aus Wissenschaft und Kunst, nicht zuletzt bei staatspolitischen Kongressen und Gedenktagen.

Woher nähmen die Präsidenten, Bürgermeister, Vorsitzenden, Ehrengäste und Deputierten die Kraft zu Superlativen Worten, das Feuer zu flammenden Wünschen, wenn nicht im Nebenraum verheißungsvoll das Geschirr klapperte, ein lockender Duft von Gesottenem und Gebratenem wie ein guter Geist über den Wassern der Rede schwebte?

Nicht wenige Festteilnehmer sind über das Werk eines Jubilars viel schlechter orientiert als über die Speisenfolge beim Festbankett. Ja, es soll besonders genießerische Geistesgourmands geben, die ein resches Spanferkel für viel genußreicher ansehen als den Gefeierten, dem zu Ehren es verzehrt wird. Hier begegnet sich der wilde Kannibale von der Südsee-Insel mit prominenten Trägern geistiger Werte.

Der »kleine Mann«, der »Ungeistige«, freilich braucht keine künstlerische oder kulturelle Erhebung als Vorwand, um gut zu essen. Ihm ist gutes Essen Feier genug. Da ist der Sparverein »Letzter Heller«, der zu dem ausgesprochenen Zweck spart, an Kirchweih ein großes Gansessen zu veranstalten, da ist der Kegelklub »Zum Saunagel«, der sich sogar ein eigenes Schweinchen für den großen Schmausfeiertag richten läßt, da ist vor allem der fröhliche

Landmann, dem Kirchweih feuerrot im Kalender steht, der an diesem Tage ganz hingegeben an die Gaben der Erde ist.

Wenn der Zachäus, die Kirchweihfahne, vom Turme weht, dann widerhallt das kleinste Dorf vom Anzapfen großer und kleiner Bierbanzen, dann riecht's aus jedem Hausflur nach schweinernem Bratl, nach Schmalzkücheln und Krapfen. Verzweifelt schreit hinter der Schupfe die Gans in banger Kirchweih-Ahnung vor den zugreifenden Händen. Abends zittert der Tanzboden unter der wuchtigen Rhythmik der Eingeborenen, wird nicht selten zur Walstatt heldischen Geschehens, wenn, durch ein starkes Kirtabier angeregt, seelische Verstimmungen sich am Schädel eines Nebenbuhlers oder Ortsfremden abreagieren.

Aber auch der Städter, sofern ihm nicht als »Zuagroastem« die Landessitten fremd sind, feiert den Tag durch ausgiebiges Versenken in Viktualien.

Am Markt türmen sich am Samstag die Gänse, die traditionellen Kirchweihschmankerl. Hausfrauen und Hausväter suchen mit prüfender Hand und geschultem Blick den fettesten und zartesten Vogel. Freilich werden sie bei zu langer und zögernder Wahl von den Ganshandlerinnen manchmal mit tausend Worten Bayerisch beehrt, die nicht alle im Wörterbuch stehen; denn auch die Herzensgüte der Marktfrauen hat ihre Grenze. Von: »Gnä Frau, was hätt' ma denn gern?« bis zu: »Z'sammzupfte Schmislmadam« ist bisweilen kein allzulanger Weg.

Der Münchner hat für reale Genüsse ein ausgebildetes Verständnis. Ihm, dem Sohn oder Enkel bäuerlicher Vorfahren, ist Kirchweih immer noch – trotz aller Großstadt – eine schöne und wichtige Angelegenheit. Wenn mittags die Gans in ihrem Fett brutzelt, die Schmalzkücheln duften, dann fühlt er sich in diesen notverordneten Zeiten doch wieder für einen Tag lang auf einer Insel der Glücklichen und sagt sich frei nach Ulrich v. Hütten: »Es ist eine Lust zu leben, denn die (Kirchweih-)Geister sind wach.«

Ein bisschen Klatsch

Einsiedler auf hohen Bergen gehören zu den wenigen Leuten, die ohne ein bißchen Klatsch auskommen und auch das nur, solange sie keinen Besuch vom Tal kriegen. Uns, die wir zwei- oder mehrsiedeln, ist das Reden über den Nächsten notwendig wie Luft und Wasser – wobei nicht dem bösartigen und boshaften Ratsch und Tratsch das Wort geredet sei, sondern der unterhaltsamfreundlichen Teilnahme am Leben und Treiben unserer Zelt- und Zeitgenossen.

Die Lust und Liebe zum Klatsch (d. i. zum Mitteilen) ist sicher die Mutter der Künste. Der Ur-Mann, der seine Bilder in die Felsenwand ritzt, die Ur-Frau, die das erste Märchen erzählt – vielleicht sind sie zu ihrem Werk nur gelangt, weil es in ihrer Steinzeit noch keinen Stammtisch, kein Kaffeekränzchen gab und der nächste Nachbar zweitausend Meilen weit weg hauste.

Wenn heute Frau Monika Stanglhuber mit glänzenden Augen über ihrem Romanbüchl sitzt:»Rosen, die der Wind verweht« und voll Begierde ist, das Schicksal des schuftigen Grafen Harro und der edlen Komtesse Beatrice zu erfahren – es ist dieselbe Kraft, die Frau Stanglhuber so lang im Milchladen festhält, weil die Milchfrau so interessante Beobachtungen über Fräulein Maier vom dritten Stock mitteilt. Die bösen Grafen und edlen Komtessen des Buches sind uns ja nur kümmerlicher Ersatz, wenn uns Gelegenheit und Faden fehlt, über den Bürokollegen, die Freundin, den Flurnachbar ein Garn zu spinnen.

Man muß nicht nur über Personen reden. Man kann sich auch über Sachliches unterhalten: Reisen in Tirol oder Vorteile von Füllöfen, Nachteile von Gesangsabenden. Es ist dies sozusagen sachlicher Klatsch, der überhaupt keine moralische, höchstens eine Intelligenz-Wertung erfährt.

Dann ist da noch der unpersönlich-persönliche Klatsch, das heißt jene Geschichten und Anekdötchen, die wir uns über die Großen und Prominenten, über die Bemerkenswerten oder Aktuellen erzählen, über Leute, die wir persönlich nicht kennen: Über Napoleon und Josefine beispielsweise, über Goethe und die Frau von Stein (um vorsichtshalber bei der Vergangenheit zu bleiben).

Aber erzähle über Napoleon und Goethe die fesselndsten und interessantesten Geschichten und erzähle sie mit Engelszungen, wie anders leuchten die Augen auf, wenn jemand von unserm Freund Fritz, von unserer Tennispartnerin Else, von unserm Hausgenossen Adolf, von unserer Klubgenossin Inge was weiß. Das ist die dritte, genußreichste Form von Klatsch: ein bißchen Klatsch über Leute, die wir kennen, über Leute, mit denen wir verfeindet oder, um den genußreichsten Fall zu erwähnen, befreundet sind. Moralisten mögen jetzt den Kopf schütteln. Aber ein bißchen Klatsch – jenseits von bösartiger Absicht und dummer Indiskretion – ist hygienisch. Da haben wir was mit Fritz erlebt oder an Else beobachtet – eine kleine nette Kleinigkeit, eine Schwäche, wir sind vielleicht ein wenig amüsiert darüber oder, traf es uns, verärgert! Dieses bißchen Neuigkeit, oder was es immer sei, ist wie ein kleines Staubkörnchen im Auge, wie ein Steinchen im Schuh. Wenn wir's los haben, sind wir beglückt, und wir sind mit Fritz oder Else wieder ganz im reinen. Und Fritz oder Else machen es ebenso mit uns.

Wo Leute lang zusammenleben, Gemeinschaften, Freundschaften, Gesellschaften sind, muß hin und wieder der eine vom andern was »sagen« können. Eine wahre Sympathie, eine richtige Freundschaft wird darüber nicht in Brüche gehen. Aber nicht selten wird der kleine Klatscher nachher, angesichts von Fritz oder Else, das Gefühl haben, mit aller Herzenswärme wieder gut zu ihnen zu sein, weil er ein bißchen geklatscht hat. Denn über Leute, die uns ganz gleichgültig sind, reden wir überhaupt nicht.

Kleinstadt

Gasthaus zur Post

Das behäbige Haus mit seinem geschweiften Barockgiebel steht gleich neben dem engbrüstigen Rathaus, das schüchtern vor dem klobigen Nachbarn die Schultern anzieht. Das Rathaus hat nichts zu sagen. Alles, was zum Wohl und Wehe des Gemeinwesens von den Stadtvätern, Stadtonkeln und -tanten beschlossen wird, ist vorher in der »Post« reif geworden. Deshalb sieht das Rathaus neben der »Post« auch aus wie ein schüchternes Schreiberlein neben dem gewichtigen Bürgermeister. Aus dem Flur von der »Post« riecht es das ganze Jahr nach Malz und Hopfen, Gesottenem und Gebratenem, nach Heu und Stroh. Da stehen dicke Bierbanzen in langer Reihe, da rollen die leichten »Gäuwagerl« der Landbürgermeister, die zum Bezirksamt wollen, aus und ein, die Bauern kommen am Schrannentag mit dem Fuhrwerk, und der wuchtige »Hausl«, der Hausknecht, hat alle Hände voll zu tun, und die Fuchzgerl gleiten in seine immer empfangsbereiten Achtelstagwerkpratzen.

Dann ruckt er die Haube, und wenn einer gar ein Markl als Trinkgeld springen läßt, nimmt er sogar die Pfeife aus dem Maul. Der Hausl ist einen Meter neunzig hoch, ehemaliger Sergeant im Infanterie-Leibregiment, in gemacher, nie übereilter Tätigkeit, sehr wortarm, gereizt, von hagelbuchener Grobheit, von einer stillen, unwiderstehlichen Kraft, wenn er einen Krakeeler aus dem Haustor befördert. Er ist die *ultima ratio* von der »Post«.

Der Postwirt selbst, gut durchwachsen und durchblutet, taucht bald in der Metzgerei, bald in der Küche, im Stall, in der Bauernstube, im Herrenzimmer auf. Seine Stimme hallt im Zorn durch sechs Mauern. Er »raucht keinen guten«, wenn Magd, Kellnerin, Knecht oder Dienstbub was »ausgefressen« haben. Nur gegen den Hausl traut er sich nicht. Da ist er sozusagen nach stillschweigendem Übereinkommen *primus inter pares*.

Der Postwirt kann sich mit jedem Gast unterhalten. Mit dem Vordereggerbauern von Walzing führt er einen Diskurs über den schweren Ochsen, den der Bognerjockl aufgetrieben hat, mit dem Amtsrichter in der Herrenstube treibt er hohe Politik, mit dem Geschäftsreisenden tauscht er handelswissenschaftliche Erfahrungen und Betrachtungen der Geschäftslage aus und delektiert sich an den neuesten Witzen, die der andere mitgebracht hat, mit dem Herrn Pfarrer, wenn der ausnahmsweis einmal zukehrt, führt er ein würdiges Gespräch über die Verderbnis der heutigen Jugend.

Vor mehr als hundert Jahren soll einmal Goethe in der »Post« übernachtet haben. Der Postwirt trägt ihm das nicht weiter nach, aber er und seine Webelstettner Mitbürger legen mehr Gewicht auf gute Weißwürste als auf große Literatur. Wenn der alte Oberlehrer Hierlinger immer wieder was von einer Gedenktafel vorbringt, dann sagt der Lammwirt mit kühler Abweisung: »Mir braucha koa Tafel!«

In der großen Wirtsstube hocken an Schrannen- und Markttagen eng aneinander die Bauern, und die Wände hallen von Rede und Gegenrede über Handelschaft, Vieh und persönliche Auseinandersetzung. Manchmal muß der Hausl einen, dem das Bier zu Kopf gestiegen ist und der von fruchtlosem Wort zu tätlichem Beweis übergehen will, mit Brachialgewalt entfernen. Abends sitzen um den Ofentisch ein paar Handwerksmeister, der Kaufmann Schiederer, dem das schöne Gschäftl am Marktplatz gehört, der Herr Gendarmeriekommandant, der Bader Löser, und sind mit heftigen Worten unzufrieden mit der Regierung, den Kanzlern und den Ministern. Aber dann legt sich die Wallung wieder, und es bildet sich eine Tarock- und eine Schafkopfrunde, bei der rechts und links – Monarchie und Republik restlos vom Interesse an einem Herzsolo ausgetilgt werden. Im Nebenzimmer, im Herrenzimmer, bedient die Fanni, die Kellnerin, und der alte Forstrat tätschelt ihr manchmal gedankenverloren die runde Kehrseite. Der Apotheker, der Rentamtmann, der Oberlehrer, der Postverwalter, zuzeiten auch der Herr rechtskundige Bürgermeister und der Major außer Dienst Schwinghammer tauschen hier, rauchumwölkte Olympier, unterhaltende und belehrende Gespräche über die letzte Zeitung aus, über die Umordnung der Rang- und Gehaltsklassen, über die Teuerungszulagen, bis schließlich auch hier der Apotheker ruft: »Fanni! a Tarockkarten!«

Die Bürger draußen in der Wirtsstube grüßen die Herren im Nebenzimmer respektvoll und höflich, aber sie gelten ihnen als »Beamte« doch nicht für ganz voll – »Zuagreiste!« Wird einer von den Bürgern zu einer Tarockrunde ins Nebenzimmer eingeladen, so weiß er die Ehre zu schätzen.

Über den Wirtschaftsräumen liegt der Tanzsaal. Hier hält die »Harmonie« alljährlich ihren Faschingsball, hier finden die Vorstellungen reisender Schauspieltruppen statt, hier prallen in politischen Versammlungen keine Meinungsverschiedenheiten aufeinander, weil alles einer Partei ist und der Redner aus der Großstadt hat es leicht, den Lorbeer einzuheimsen. Einmal war in diesem Saal auch ein »Bunter Abend« der »Harmonie«, des Gesellschaftsklubs in Webelstetten.

Es war aber der erste und der letzte: denn langjährige Feindschaften, vererbt auf Kind und Kindeskind, sind damals aus der Sitzordnung und Rollenbesetzung emporgewachsen. So hängt das Jahr über nur mehr das Banner der »Harmonie« im Saal, ein grünseidenes Panier, auf dem mit Goldbuchstaben ein Kranz um zwei verschlungene Hände gestickt ist. Darunter steht: Eintracht für und für, Freundschaft sei das Panier.

Der Herr Adjunkt läßt sich ausbilden

In der »Harmonie« hat es sich herumgesprochen: Die Kathrein nämlich hat jeden Samstag den Adjunkten mit einer kleinen Reisetasche zum 2-Uhr-Zug gehen sehen. Und da hat ihr dann die Hausfrau vom Herrn Adjunkten – aber das bleibt unter uns, Kathrein – anvertraut, daß er sich in der Großstadt bei einem Gesangsprofessor ausbilden läßt. »So, so, ausbuidn!« sagt die Kathrein. »I sag neamd was, da könna S' Ihna verlassn, Frau Wegscheider«, sagt die Kathrein beteuernd.

Am nächsten Abend wußten sie es schon in der »Harmonie«.

Der Herr Adjunkt singt nämlich Tenor und war eine geschätzte Kraft im Chor der Harmonie. War! Denn der Herr Studienassessor Hingerl singt auch Tenor, und nachdem er der Bräutigam der Berta vom Harmonievorstand ist, hat der Herr Adjunkt den kürzeren gezogen. Sein Tenor war nicht so schön. Der Herr Adjunkt ist gekränkt und ins tiefste getroffen aus der »Harmonie« ausgetreten. Jetzt läßt er sich ausbilden.

Opernsänger will er werden.

Woher er nur das Geld nimmt für die Stunden? Zehn Mark! Und die Reise. Der Herr Stadtrat Bäumle, der Harmonievorstand, sagt: »Was will er denn ausbilden lassen? Seinen Knödel?«

Aber der Herr Adjunkt hat auch heimliche Freunde in der »Harmonie« – nämlich die heimlichen Feinde vom Vorstand. Sie sagen: »Der Professor hätte gesagt, noch ein Jahr, und der Herr Adjunkt ist ein berühmter Sänger. Der berühmteste überhaupt ...«

Darauf grüßt der Studienassessor Hingerl den Sekretär Kagerer nicht mehr, der dem Adjunkten diese Perspektiven eröffnet.

Immerhin: Jeder in Webelstetten schaut den Herrn Adjunkten jetzt mit anderen Augen an. So ein bißchen, wie man ein seltsames, etwas unheimliches Tier betrachtet.

Ausbilden!

Die Backfische fangen schon an zu schwärmen. Der Herr Adjunkt trägt auch schon einen Künstlerschlips und einen Kalabreser. Der Hanswurst, der überspannte, sagen seine Kollegen.

Der Herr Adjunkt erzählt – nachdem' nun öffentlich ist –, wie viele Berühmtheiten sein Professor schon ausgebildet hat.

Er zeigt im »Stern« am Stammtisch, wie man beim Singen richtig atmet.

... Aber davon hat ja dieser Studienassessor Hingerl keinen Dunst!

Solche Äußerungen empören den Anhang Hingerl-Bäumle aufs tiefste. Aber Hingerl sagt: »Solche Gemeinheiten muß man niedriger hängen!«

Ob denn der Dienst des Herrn Adjunkten nicht unter der Ausbildung leidet?

Er leidet nicht. Nur hin und wieder – wenn ein Akt »erledigt« ist, probiert der Herr Adjunkt mit gedämpftem Organ einige Läufe und Figuren.

Der Herr Amtsvorstand legt ihm nahe, diese Übungen während der Dienststunden zu unterlassen. Ein Amtsraum ist keine Oper. Weiß Gott nicht!

Kabalen! sagt sich der Adjunkt. Der Vorstand wird es in ein paar Jahren bitter bereuen. Da wird der Adjunkt eigens nach Webelstetten reisen, durch die Straßen gehen und ostentativ diesen Vorstand nicht grüßen.

Die Frau Expeditor sagt zu seiner Hauswirtin: »Wissen Sie, Frau Wegscheider, wenn er auch berühmt wird und zur Bühne kommt und so – was Sicheres ist es halt doch nicht. Als Beamter hat er halt sein sicheres Gehalt! Aber als Sänger ... Ich täte ihm meine Tochter nicht geben. Mir ist ein sicheres Gehalt lieber als berühmt ...«

Die Obstlerin

Da, wo die Salzgasse in den Marktplatz läuft, hat sie ihren Stand. Man übersieht von hier aus den ganzen Platz, alle Fenster und Tore, und vom Frühling bis in den Spätherbst sitzt die alte Kathrein da über ihren zwei Körben, strickt und strickt, und unter dem grünen Augenschirm gehen die flinken Augen unablässig Patrouille nach allem, was da kreucht und fleucht.

Die alte Kathrein weiß alles. Sie weiß, was man bei Notars heut mittag als Gemüse hat, wieviel Mitgift die Zilli vom Wachszieher Scholler mitkriegt, daß der Lump, der Otto vom Sternbräu, neulich in aller Früh mit dem Annerl vom Doktor Huber zu den Flußanlagen spazieren ging und daß der Herr Amtsgerichtssekretär am letzten Mittwoch am hellichten Werktag graue Handschuhe anhatte. Der Kathrein ist gar nichts, weder Kleines noch Großes, in Webelstetten verborgen. Sie kennt alle Mägde und Köchinnen, die Ladenfrauen und den Postboten und hält mit allen ihren Bekannten so im Vorbeigehen kleine Konferenzen über die Angelegenheiten der Stadt, und sie tauscht, wie ein emsiger Briefmarkensammler Doubletten, alte und beschädigte Neuigkeiten, nicht ganz echte oder bereits kolportierte, vermutete und erdachte gegen die allerneuesten aus. Das Kocherl vom Apotheker weiß was von der Frau vom Kaufmann Schmid und kriegt dafür brühwarm und delikat von der alten Kathrein serviert: einen Kuß des Assistenten Schmörgerle, verabfolgt an die Rosa Haberer im dunklen Hausgang der »Glocke«. An sonnigen Tagen spannt sich ein grauer Schirm über den »Stand« der Kathrein. Das hindert die Fliegen vom Postbräustall und die Bienen aus dem Notarsgarten nicht, sich an den warmen, schon halb in Gärung übergehenden Pflaumen, Birnen oder Äpfeln gutzutun.

Manchmal scheucht sie die Kathrein mit dem Strickstrumpf wedelnd weg, aber meist sagt sie sich: Leben und leben lassen und gönnt den Brummern ihr Platzl an Frucht und Sonne.

Realschüler mit grünen Mützen holen sich nach der Schule eine Stranitze voll Zwetschgen, eine Tasche Süßholz oder Johannisbrot. Manchmal hat einer das Zehnerl nicht »dabei«. Nun, dann ist die Kathrein auch nicht so und sagt: »Bringst es halt 'as nächste Mal!«

Die Stricknadeln klappern, die Äuglein gehen, der Hals reckt sich: Da schaug her! – A Fremder.

Und die Augen gehen dem fremden Herrn mit dem Koffer nach – lang – lang. Er geht ins »Lamm«.

Gleich morgen wird die Kathrein die Lamm-Fanni fragen ... Oder vielleicht geht sie nach dem Gebetläuten noch hinüber ... Dös möcht i doch wissen, wer er is, der Herr – der fremde ...

Es klingelt

Geben wir es zu: ganz heimlich hören wir die Wohnungsklingel doch gern, so sehr wir immer Wichtige durch sie »gestört« werden. Wär' sie uns so lästig, wie wir immer tun, schon seit Jahrhunderten wäre sie von der Wohnungstür verschwunden.

Jede Klingel hat ihren besonderen Ton, so wie jede Wohnung, auch die geruchloseste, ihren besonderen Nestgeruch hat. Nachbars Klingel, vom selben Klingelmann mit demselben Material eingerichtet, klingelt ganz anders als unsere. Es liegt das nicht nur in der Akustik des Korridors, es liegt mehr noch im Charakter der Wohnungsinsassen.

Die Wohnungsinsassen kennt man am Klingeln wie den Vogel am Gesang. Da ist das schüchterne Bimbim von Tante Malchen, die auch sonst auf leisen Sohlen geht, da ist das kurze, resolute Bimmmm! der Köchin Stasi, die überhaupts nicht viel Umschweife macht, die ist das alarmierende Bibimbibibim des Hausherrn, wenn er die Schlüssel vergessen hat, das anständige, sachliche Bimbimbimbim der Hausfrau und das freche bibibibibibibim des Sprößlings, wenn er hungrig von der Schule kommt.

Diese Klingelei sagt uns nichts Neues. Sie beunruhigt nicht, spannt aber auch keine Erwartungen an, so, wie wenn es plötzlich ganz fremd bimmelt. Alarmierend. Ah! Wer kann es sein! Ein verschollener Erbonkel aus Amerika mit dem Millionentestament in der Handtasche, ein schönes Mädchen aus der Fremde, der Geldbriefträger mit einem alle Erwartungen übertreffenden Honorar, eine Depesche: Treffer in der Klassenlotterie, ein Freund, der entliehene Bücher zurückbringt? Wir wissen es ja schon im Hingehen zur Tür, wir wollen es nur nicht wahrhaben: draußen steht bestenfalls ein Herr, der uns um einen Beitrag für seine Weiterreise ersucht. Und doch ist die Klingel immer wieder wie ein Signal aus dem Reich der Träume, Erlebnisse, Abenteuer, Begebenheiten, Wunder und Wünsche. Unser Alltag ist, wie jeder bessere Dichter so schön sagt: grau. Gestehen wir's ein: auch bei allem Beschäftigtsein ein bißchen langweilig. Da ist die Klingel eine kleine Sensation. Schreckbar nur dann, wenn man vormittags zehn Uhr noch sozusagen in Dessous das traute Heim bevölkert und draußen vielleicht die Großherzogin von Gerolstein steht, um uns für die Erbauung eines Heims für stotternde Nordseelotsen zu begeistern. Ansonst aber wirkt sich das Klingeln als einer der wenigen angenehmen »Kindheitskomplexe« aus. Aus der Kinderzeit her bedeutet Klingeln Besuch und Besuch etwas Mitgebrachtes. Und diese Zusammenhänge spüren wir natürlich als Erwachsene unbewußt heute noch.

Geschichte einer Krankheit

... Ja, hier links, wissen Sie, da spür' ich manchmal so einen leisen Druck. Nicht immer. Aber jetzt eben wieder! Meinen Sie, daß da was Schlimmes ...?

Der andere (begeistert): Sie, das kenn ich! Das hat mein Großvater jahrelang gehabt. Da trinken Sie jeden morgen nüchtern eine Tasse Tannenzapfen-Tee. Großartig! Ihre Milz ist nicht ganz in Ordnung. Mein Großvater ...

... spür' ich manchmal so einen Druck ...

Der andere andere: Da wett' ich doch gleich, daß das Leberausstrahlungen sind. Ein Freund von mir hat 's weggebracht. Da ist das Beste jeden Tag nüchtern ein Eßlöffel Löwenzahn-Öl. – Sie werden sehen ...

... manchmal so einen Druck ...

Der dritte andere: ... gibts nur Packungen mit Farnkraut! Das kenn' ich genau. Meine Tante hat das glatt mit Farnkraut kuriert. – Jeden Abend eine Packung! Und möglichst wenig Mehlspeisen, dafür ganz mageres Fleisch ... Es hängt nämlich mit dem Herz zusammen ...

... Druck ...

Der vierte andere: Nerven, mein Lieber! Das ist der sogenannte *Nervus rerum*, den Sie da spüren! – Kommen Sie morgen bei mir vorbei, ich hab da noch ein halbes Flaschl von ausgezeichneten Nerventropfen daheim ... die haben meiner Frau damals so gut getan! Und fett essen! Den Nerv in Fett betten, wissen Sie!

... hier links nämlich ...

Der fünfte andere: Da weiß ich Ihnen was ganz Ausgezeichnetes! Das ist eine verkappte Grippe, die Sie da rumschleppen. Mein Bruder hat das auch gehabt. Jeden Mittag vor dem Essen ein Wasserglas gelöschter Kalk – nach einer Woche haben Sie 's weg. Und viel Glühwein!

... ja, da an der Seite ...

Der sechste andere: Ganz klar! Meine Schwiegermutter schwört in diesem Fall auf geschabte Schierlingstengel! Der ganz gewöhnliche Wiesenschierling. Es hängt nämlich mit dem Darm zusammen. Und ja keinen Alkohol!

... Druck ...

Der siebte andere: Hier schreib' ich Ihnen eine Folge von gymnastischen Übungen auf. – Das sind Stauungen, verstehen Sie. – Täglich fünfzig Rumpf- und fünfzig Kniebeugen. Wunderbar!

Der achte andere: ... eine kleine Entzündung ... hat mein Nachbar auch gehabt! – Legen Sie sich ein paar Tage ins Bett, möglichst wenig Bewegung und einen Umschlag von gedünsteten Steinpilzen drauf. Die ziehen alles raus ...

... an der Seite – nicht immer, aber hin und wieder ...

Der neunte andere: Ihre Drüsen lieber Freund! Mein Vetter hat jahrelang mit Drüsengeschichten zu tun gehabt. Da hat ihm der Schäfer von Kraglfmg ein Pulver gegeben. Schmeckt scheußlich, aber weg war's. – Gehen Sie einmal zu dem Mann hin! – Er macht es – so viel ich weiß – aus den kleinen sogenannten Schafbohnen. Das darf Sie nicht stören.

... wissen Sie, Frau Schwanklhuber, so einen Druck ...

Die zehnte andere: Ja, da woaß i Eahna was ganz ausgezeichnet 's! Des is a Sympathie, mei Zimmerherr hat ja dasselbe g'habt, genau so! A allweil den Druck da links! Hat mei Bas'n g'sagt: A Huafnagel im Westentaschel – nix Besseres net ... Und g'holfa hat's!

*

... Und jetzt meine Herren das Merkwürdige. Der Druck hat nicht nachgelassen. Alles hab ich probiert mit Tee und Packungen und Spülungen und Diät. – Und eine einfache Frau aus dem Volk, meine Zugeherin, die Frau Schwanklhuber, sagt, ich soll's mit Sympathie probieren. Als gebildeter Mensch hat man ja Hemmungen in solchen Dingen. Na, schließlich, ich besorg mir einen Hufnagel, ich nehm mir meine Weste vor, weil ich so was doch lieber selbst mache, schließlich will man sich doch keine Blöße vor andern geben –, ich trenne also das Futter auf und da finde ich – finde ich die Kastanie, die ich im Vorjahr eingenäht hatte, weil ich da immer so ein

Stechen an der Seite gespürt hab! – damals hat mir jemand eine Kastanie empfohlen. – Und sehen Sie, meine Herren, diese Kastanie, das war der Druck da auf der linken Seite. Der Hufnagel war also doch das richtige. – Man kann ja über solche Mittel denken wie man will – ich jedenfalls bin jetzt meinen Druck los!

In der Kunstausstellung

Belauschte Gespräche

Die Landschaft

Personen: Er, Sie, Es.

»Sieh doch mal, Emilie, das ist doch der Tegernsee!« –

»Gott, wie reizend, wahrhaftig.« – »Guck doch mal zu, ob das Häuschen drauf ist, wo wir gewohnt haben. Frieda, steh gerade!«

»Ja, ganz bestimmt, das weiße hier oben links ist unser Häuschen. Nein, wie niedlich! Schade, daß unser Fenster nicht mit abgemalt ist.«

»Und hier unten rechts, weißt du noch, Emilie, da muß es sein: hier haben wir die Brieftasche mit dem Reisepaß verloren.«

»Das ist ja nun falsch auf dem Bilde! Hier ist nämlich Gebüsch; denn sonst hätten wir ja die Brieftasche finden müssen, nich! Daß wir sie überhaupt wiederkriegten, war ja ein Glück, wenn auch nicht mehr viel drin war.«

»Was, nicht mehr viel drin? Ich bitte dich: es waren noch elf Mark. Wenn das nichts ist! Sieh mal zu, wo du elf Mark herkriegst, wenn du sie nicht hast. Wir hätten eben den neuen Weg gehen sollen! Der ist aber auf dem Bild nich zu erkennen. Frieda, nimm den Finger von der Nase!«

»Das muß doch hübsch sein, wenn einer so malen kann, was ihm gefällt. Tante Gustis Mann, der Registraturrat, der konnte auch so hübsch malen! Es ist doch 'ne schöne Erinnerung, nich? Ich habe dir damals gesagt, Otto, du sollst die Brieftasche nicht aus dem Jackett nehmen. Sieh doch im Katalog nach, wer's gemalt hat.« – »Es ist gar nicht der Tegernsee.« – »Ooooh, wie schade!« Er, Sie, Es kehren sich enttäuscht vom Bilde ab, neuer Kunstbetrachtung zu.

Das Stilleben

Personen: Herr Alois Zehnthuber und sein Freund Franz Xaver Bimslechner.

»... Hab i mir halt denkt, beleidigen darf i 'n doch net, wo er mir dö Billett'n zur Ausstellung g'schenkt hat, – net, und mir kumma ja no allweil in ›Rosengart'n‹; zur Schlachtschüssel. – D' Rosl reserviert's uns scho ... Net wahr, hab i mir denkt, schaug'n ma uns halt sei Kunstgemälde o! – Da ham mir's scho!«

»Des hoaßt ma a Stilleb'n, verstehst.«

»Oha! Spargel! Is net schlecht!«

»Spargel, wannst's ganz frisch aus'n Boden rauskriagst, schö mit Essig und Öl ... Ja, manche mögen's liaber mit Butter! Des san halt G'schmacksachen. Und Tomaten hat er aa dazu g'malt! Jetzt mit de Tomaten hab i's net, das is so a bissl a breißisch G'müas! Aber als Gemälde, verstehst, g'fall'n s' mir net schlecht. Ganz natürli hat er's hibracht. Und a Flaschl Wein dazu! Des laßt si hör'n! Liaber waar mir ja a Bier, verstehst, a hells – aber das san künstlerische Frag'n, verstehst, da mag i eahm nix dreired'n!«

»'s Etikett auf der Weinflasch'n is ja a bissl ungenau hig'malt. Hätt' mi interessiert, was zu de Spargel für oaner hipaßt! Aber i muaß sag'n: Reschbekt! Schö hat er's g'malt, sei Kunstgemälde.« – »Aber lang halt'n mir uns jetzt nimmer in der Ausstellung auf,

Xaverl, sonst is unser Schlachtschüssel doch weg, wenn wir net bald in'n ›Rosengarten‹; kumma.«

Maibockprobe

Was sind »Saftln«?

»Saftln« ist ein besonderer, der Zunftmedizin vielleicht unbekannter Münchener Begriff für gewisse lebenswichtige Säfte im Organismus, eine Zusammenfassung für alles, was die Gelehrsamkeit« etwa mit »Hormone« bezeichnet. Das sind die »Saftln«. Für sie ist der Maibock gut. Die alte Münchener Laienmedizin schreibt den Frühjahrsbieren besonders heilkräftige, erneuernde Wirkungen zu. Durch den Maibock sollen die »Saftln« in Bewegung kommen.

In vergangenen Jahrhunderten wurde die Güte des Frühjahrsbiers durch eine besondere Bierkieserkommission obrigkeitlich geprüft, ehe man das Gebräu an die Bürger ausschenkte. Auf die Bierbank wurde der Bock gegossen, und die Kieser setzten sich mit hirschledernen Hosen darauf. War der Bock gut, so konnten sich die Kieser nach längerer Zeit schwer oder gar nicht vom Sitz erheben, und dieser letztere Umstand soll sich bis auf den heutigen Tag (auch ohne hirschlederne Hosen) als Probe bewährt haben. Bevor man den Maibock dem Urteil des beschränkten Untertanenverstandes aussetzt, findet auch jetzt noch eine sozusagen obrigkeitliche Prüfung statt. Die »G'wappelten«, wie hierzulande der Volksmund seine Oberen nennt, die Spitzen der Staats- und Stadtbehörden, reich umrankt von »Prominenten« aus allen Lagern des Lebens, sammeln sich im großen Festsaal des Hofbräuhauses zur Maibockprobe.

Sämtliche Minister – wenn nicht ganz wichtige anderweitige Dienstgeschäfte sie verhindern – sind da. Die höheren Beamten der Staats- und Stadtbehörde, Abgeordnete unterschiedlichster Parteien kommen, die Presse, die Kunst, die Wissenschaft und die Industrie schicken ihre Vertreter.

Wer in Bayern zur Maibockprobe geladen ist, kann wohl sagen, daß er es zu etwas gebracht hat. Die Teilnahme daran ist der erste Stein zum Denkmal kommender Größe. Die Besorgnis der Führenden im Staat, daß das Volk nicht nur gute Paragraphen, sondern auch ein gutes Bier vorgesetzt bekommt, ist ein schöner menschlicher Zug im Antlitz der Macht. Leute, die es immer besser wissen, mögen vielleicht angesichts der Teilnahme der Staats- und Stadtregierung an der Maibockprobe etwas von oben herab sagen: »Da seht die Bayern! So wichtig ist ihnen ein gutes Bier, daß sogar ihre Minister zur Probe kommen.« Aber das macht uns nichts aus. Der Dichter Gottfried Keller sagt von ungefähr: »Aus einem Menschen, in den nichts Gutes hineinkommt, kann auch nichts Gutes herauskommen.« Und das gilt für große Minister ebenso wie für kleine Leute. Der Staatsminister ist in Bayern heute wie ehedem kein thronender Dalai-Lama, sondern jenseits seiner Amtsgeschäfte Bürger unter Bürgern. Schmeckt ihm der Maibock privatim gut, so schadet es nichts, wenn hier persönliche Neigung und Sachkenntnis die »amtliche Funktion« des Maibockprüfens unterstützen, im Gegenteil. Der Ruf nach dem »Fachmann« ist ja heute besonders aktuell. Würden sich die Staatslenker aller Länder mehr darum kümmern, daß und wie ihr Volk zu essen und trinken bekommt, so würden sie mehr Beifall haben als mit dicken Konferenzen und ausgeklügelter Politik, die mitunter so schwankend macht, obwohl keine Maibockprobe vorangegangen ist.

Das Metermass

»So, Hansl, tua di brav zur Muatter hersetz'n«, sagt die Frau in der Trambahn und nimmt ihren Buben auf den Schoß. Es ist kein Wickelkind mehr und kein Tragkind, es ist ein wohlgeratenes, so um die Schulpflicht herum stehendes Bürscherl.

Auf dem Schoß der kleinen Mutter nimmt er sich mächtig aus, die Leute sehen ein bißchen stirnrunzelnd darauf hin und ein Passagier murmelt mißbilligend: »A so a Mordstrumm Klachl!«

Das ist auch die Ansicht des Schaffners, der aber in seiner Eigenschaft als Beamter seine menschliche Meinung in sachlich-dienstliche Worte kleiden muß.

»Für den Buben da muß auch ein Fahrschein g'löst wer'n.« »Waas? Für des Kind? Ausg'schloss'n! Da hab ich no nia a Billett g'nomma, so lang i mit eahm fahr.« Die Mutter blickt starr und abweisend am Schaffner vorbei, so, als ob der Fall für sie erledigt wäre. Der Schaffner sagt als geschulter Psychologe, gütig und wohlwollend: »Geh, Frau, des siecht doch jeder, daß der Bua an Fahrschein braucht.« »Aber des siecht aa jeder«, sagt die Mutter, »daß des Kind no minderjährig is. Und wenn S' was von Ihrer Vorschrift verstenga, na wissen S', daß Minderjährige nix zahl'n müass'n. Vier Jahr werd er auf Weihnachten.«

Der Schaffner: »Vier Jahr oder vierzehn – des geht mi nix o ... Was über an Meter is, zahlt!«

Der Knabe: »Mami, i bin ja scho sechs Jahr alt ...«

Die Mami: »Red net so saudumm daher, – vieri werst!«

Der Schaffner: »Also, machen S' jetzt keine langen G'schicht'n mehr, Frau. Für den Buam müassen S' zahl'n! Der is weit über an Meter!«

Die Frau: »Des Kind werd an Meter ham! Des glaab'n S' ja selber net. Hab ja i nur an Meter achtafuchz'g.«

Der Schaffner: »Sehr einfach. Da braucht er si nur hinstell 'n. Da is der Meter markiert an der Tür.«

Die Mutter: »Der braucht sie gar net hi'stell'n! Des woaß i besser, wia groß mei Kind is!«

Der Schaffner: »Tuat mir leid, nachher müass'n S' aussteigt, Frau.«

Die Frau: »Wenn i mag, scho! Drei Jahr lang fahr i jetzt mit dem Kind scho auf der Trambahn und hob no nia zahl'n müass'n!«

Der brummige Fahrgast: »De kannt ja no zwanz'g Jahr damit umsunst fahr'n woll'n ...«

Die Frau: »Eahna geht's überhaupts nix o! Sie schaug'n grad so aus. Mit dera Wamp'n nemma S' a' so zwoa Plätz ei.«

Der Schaffner: »Also, Frau, san S' vernünftig. Überzeug'n S' Eahna selber, daß der Bua mindestens an Meter zwanz'ge hat ...«

Die Mutter: »Des kann er gar net hamm! Mei Marerl ham mir erseht neuli auf der Wies'n g'wog'n. De is um a Jahr älter und wiagt no koane vierz'g Pfund!«

Der Schaffner (energisch): »I fahr net weiter.«

Die Fahrgäste murren. Der Knabe verzieht das Gesicht zum Greinen. Ein alter Herr redet der Mutter gut zu: »... Geh'n S' zu, Frau, stell'n S' den Buben halt an das Maß hin, da is ja gar nix dabei.«

Die Frau (widerwillig nachgebend): »... Weil i no nia was zahlt hab dafür ...«

Der Hansl wird vom Schaffner an die Metermarke gestellt; unter der Anteilnahme aller Wageninsassen ergibt sich, daß er fast um Kopfeslänge darüber hinausreicht.

Di Mutter: »... Wenn des a Meter is, der Strich da ...? Des möcht i scho bezweifeln, ob des a Meter is, des kloane Stückl! Unser Küchenkasten is genau an Meter hoch, und der Bua, der siecht no lang net drüber.«

Der Schaffner: »Eahnan Küchenkasten könna ma net rei'stell 'n. Also: Zahl'n oder aussteig'n.«

Die Mutter klaubt aus der Geldbörse die Fünferl heraus. »Aber des sag i Eahna, daß i mi bei der Direktion beschwer und in die Presse laß i's aa nei'setz'n. Allweil geht's an de Kloana naus. Des mit dem Meter ham aa wieder de Großkopfet'n ausdenkt. Und überhaupts, meiner Lebtag is der Bua koan Meter groß ...«

Die Frau ist geladen. Sie möchte jetzt gern so einen Großkopfet'n beim Krawattl haben, es kribbelt ihr nur so in den Händen. Aber weil keiner da ist, wendet sie sich ihrem Buben zu, der wieder auf ihrem Schoß Platz genommen hat, und nun kommt erst recht in das Bewußtsein der Mutter, daß sie für den Buben gezahlt hat. Sie nimmt ihren Hansl energisch um die Taille und setzt ihn neben sich: »Da hockst di jetzt her! Zahlt is der Platz! Des gang mir grad no ab, daß i so a Mordstrumm Mannsbuid am Schoß sitz'n hätt ...«

Es kommt von der Milz

Wissen S', Frau Scheggl, des Reißn, des wo S' da ham, des is koa gwöhnlichs Reißn net, des kummt ganz gwiß von der Milz. So viel woaß i von unserem Zimmerherrn, alles was ma net woaß, wo's herkummt, des kummt von der Milz. Weil de koa Doktor net kennt. I möcht ja nia a Milzwurscht essen. Ma woaß ja net, was da für Krankheitsstoffe drin san! Mei Schwager, der hat's a allweil mit der Milz ghabt, na is eahm oane verratn worn, de wo mit Seegras kuriert. Da hat er na fleißi an Tee aus Seegras trinken müassn, und wia's nachher net besser worn is, is er doch zum Doktor, der hat gsagt, der Magn is's! Es is ja aa na besser worn auf de Behandlung. Aber mei Schwager laßt si's net nemma, daß's doch von der Milz kumma is. Lassn S' Eahna amal a paar Richtige naufstrahln. I halt ja aa viel von de Strahln, aber de Tee san aa net schlecht. Überhaupts: i tat nur mit Tee kuriern. Setzn S' Eahna amal den japanischen Teepilz o! Da wern S' achzg Jahr alt, wenn ma'n regelmäßig trinkt, aber i sag allweil, mei halbe Bier auf d'Nacht laß i mir net nemma. Da ko aa koa Teepilz auf dagegn! Jetzt guat is aa für so a Reißn, wenn man net woaß, woher's kummt, und es is vielleicht von der Milz, wenn ma von ara Jungfrau, aber von ara echtn, a Büscherl Haar bei Neumond unter d' Türschwelln eigrabt. Des soll übrigens aa guat für d' Warzen sei! D' Milz, die ghört halt öfter gründli ausputzt! Essen S' amal Sauerkraut mit Wacholderbeerl drin. Jeden Tag a halbs Pfünderl, und na hab i dahaam no was steh, des is ausgezeichnet: warten S' amal, des hoaßt: Neumanns Wunderbalsam. Den gib i Eahna, den nemma S', jeden Tag an Löffel. Den hat d' Frau Schormaier meiner Tochter verratn, wia s' d' Huastn ghabt hat. Na – naa – net von der Lungl! De Lungl und überhaupts des hängt ja alles mit der Milz zsamm. Wissen S' was, nemma S' jedesmal auf d' Nacht a recht a hoaß Fuaßbad, wo zwoa Löffel Salatöl drin san. Und dazua essn S' an halbn Zwiefi, aber roh, und gegn d' Aterienverkalkung, da san am bestn Umschlag mit kalte Kartoffischnitz.

Sie moana, daß des Reißn vielleicht vom Herz kummt? Da wüßt i aa was Ausgezeichnets. Des hat an Bräumoaster Hingerl so guat gholfa, der hat ja aa jahrelang mitn Herzn ztoa gehabt, weil sei Milz ghitzig war. Da nemma S' a feingriebns Vogelfutter, an Hanf mit Kümmel dazua und a bißl Kalk schabn S' nei. Des is das Beste fürs

Herz, wo's gibt. Jetzt a Basn von mir, de hat allweil mit Sympathie kuriert. Aa net schlecht! A Hufeisn wenn ma halt hätt von an siebnjährign Gaul, des waar halt das allerbeste. Wenn i drodenk, gib i Eahna a bißl a Fuchsfettn. De is großartig fürs Nerfösse. Da schmiern S' Eahna d' Nerven recht ei – wem S' sehng, wia bald des Reißn weg is. Und vergessen S' net, daß S' Eahna allweil drei Roßkastanien eistecka. De san magnesiumhaltig, wissen S', des i dasselbe, was die Magnetisör ham. Jetzt bei der Absmaierin, da hat amal a Hypnotisör gwohnt, der is zum Oktoberfest allweil auf d' Wiesn ganga. Sie, der hat aber scho so ausgezeichnet hypnotisiert, daß Eahna de Krankheiten oft bloß so wegblasen hat. Aber i möcht mi ja net hypnotisiern lassn. Ma woaß ja net, was so a Mensch alles ofangt, wenn ma net bei der Besinnung is. I geh, wenn mir a bißl was fehlt, zur Kartenschlägerin. De hat scho so oft rausbracht, was sch... und wia lang's dauert. Also, Frau Scheggl, vergessn S' des net, was i Eahna sag: Trinken S' jedn Tag an halben Liter Seegrastee, legen S' Eahna Kartoffischnitz um und zwoa Löffi Neumanns Wunderbalsam. Viel Sauerkraut und s' Vogelfuatter net vergessn!

Und d' Fuchsfettn, de bring i Eahna no.

So, zum Doktor möchtn S' geh? No ja, ma kann natürli des aa no probiern. Aber zerst taat i scho no a kloane Sympathiekur afanga. Mei Großmuatter is 85 Jahr alt worn. Da möcht i drauf schwörn, daß des nur schuld is, weil s' allweil um an Fuaß a Sackl mit an Katzenschwoaf tragn hat. Aber wenn gar nix hilft, wia gsagt, na könna Sie's ja allweil no mit an Doktor probiern!

Möwen

Der Herr und die Frau, in Mantel und Pelz wohl eingehüllt, stehen am Isarufer, und die Frau füttert aus einer Stranitze heraus die Möwen mit kleinen Fleischstückchen.

Sie: Da siehgst as glei, daß des Fleisch koan Stich g'habt hat, sunst schnappat'n de Vögel net so danach.

Er: Wenn i a Vogel waar, schnappat i aa danach.

Sie: Schöne Vögel san s', de Möwen!

Er: No – passiert scho! A Schwaiberl is ma liaber ...

Sie (verschnupft): Und a Brathenndl is dir no liaber!

Er (ablehnend): Wia i jung war, hat's no gar koane solchana Möwen geb'n bei uns. De san ei'g'führt wor'n vom Meer. Wer'n scho Norddeutsche mitbracht ham.

Sie: Geh zua – als ob si de mitbringa lassat'n wia Kanari!

Er (hartnäckig): Merkwürdi is ja des scho: überall, wo si Breiß'n o'g'siedelt ham, gibt's aa Möw'n. Da, in Bog'nhausen – am Starnberger See ...

Sie: Du magst as halt net, de Vögerl! Was von de Viecher net auf der Speiskart'n steht, des gilt nix bei dir!

Er: Hab i net g'sagt, daß ma d'Schwaiberl liaber san!

Sie: Da mag i net streit'n. Schaug s' nur o'! De reinst'n Flugkünstler san s'. De ham ja eine Geschwindigkeit ...!

Er: Ham ja aa Mordstrümmer Flügel!

Sie: San so liabe Viecher. Bstbst! Da geh her. – So, jetzt ham ma nix mehr. Staunenswert is des, wia de Vögel mitten im Fliag'n de Bröckerl z'samm'fanga! (Nachdenklich) Wenn des wahr is, was der Frau Scheggl ihr Zimmerherr sagt, daß ma a Seel'nwanderung durchmacht: – i möcht glei in so a Möwe nei'fahr'n!

Er: Da tat'st di aber schwer mit'n Platz ham.

Sie (ärgerlich): Is schad um jedes Wort, wo ma mit dir über so was red't. – Des is nur seelisch, sozusag'n, des Nei'fahr'n!

Er: Vo mir aus ko a jed's hi'fahr'n wo's mag. Aber a Möwe suchat i mir net grad aus! Überhaupts ...

Sie (verträumt): Der Schegglin ihr Zimmerherr sagt, er is scho amal z' Indien drüb'n a Hirsch g'wes'n.

Er: A Hirsch – des is er scho no. Da hätt' er si gar net verwandeln braucha. Frißt ja heut no nix wia Gras und Kräut'ln. Siecht aber aa aus wia d' Henn unterm Schwoaf ...

Sie: Des ewige Fleischessen is aa net g'sund. – Er hat g'sagt, daß bei der Fleischnahrung de geistingen Saftin z'samm'genga wia a g'stöckelte Milli, koan Fluß mehr ham s' ...

Er: Soll nur er aufsdhaug'n, der Hirsch, der damisch, daß er net ausa'nanderfallt. Wenn natürli a Fleisch an Stich hat, wie heut, kann scho sei', daß des ...

Sie (gekränkt): ... Hat gar koan Stich g'habt, sunst hätten 's d' Möwen net g'fress'n.

Er: Möwen fressen alles. Des san Wuidsäu!

Sie (wütend): Mit dir red i überhaupts nix mehr.

Er (unbetroffen): Na red'st halt net.

Das Ehepaar wandelt schweigend in Halbmeter-Abstand isaraufwärts. Die Möwen schwirren noch ein Stück am Ufer entlang. Dann hebt sich die größte von ihnen mit einem resignierenden Schrei in die Lüfte, und wenn nicht zufällig ein Zimmerherr von der Frau Scheggl in ihr Wohnung genommen hat, so ist noch Platz frei für eine empfindsame und unverstandene Frauenseele.

Ein Namenstag

Elisabeth – so steht im Kalender. Aber den vollen, schönen Namen hört man selten so ganz kalenderhaft nennen. Elisabeth schreibt der Standesbeamte ins Register, der Pfarrherr auf den Taufschein. Kaiserinnen, Königinnen, Fürstinnen werden alltags Elisabeth genannt, auch große Tragödinnen, Opernsängerinnen. Da funkelt der Name wie ein Diadem, und es klingt nach großer Geschichte und großem Geschehen.

Für den Hausgebrauch sozusagen erfährt der Name die mannigfachsten Wandlungen. Da haben wir einmal, schon etwas schlichter, umgänglicher: Elise oder Elis. So heißt die brave, tüchtige Frau. Sie regiert Haus und Kinder, sorgt für den Mann und tut sich um, daß klein und groß in der Familie zu dem Ihren kommen. Elise ist ein Name, der nach Arbeit und Treue klingt, nach Pflichterfüllung und schlichtem Leben.

Die Lisi kennen wir als wackere Köchin, etwa im »Goldenen Stern« oder »Roten Adler«. Da steht sie am Herd der Wirtsküche, fest stämmig, und rührt mit Sorgfalt und Ausdauer Suppen und Soßen, Brühe und Teig. Sie formt meisterliche Knödel, ganze Pyramiden wachsen unter ihrer Zauberhand. Da scheppern Tiegel und Reinen, klirren Schüsseln, Teller und Guglhupfform, sie kommandiert – und alles in der Kuchl gehorcht – der Herr Wirt inbegriffen. Die Lisi hat einen Schatz, einen Wirtsmetzger und Schenkkellner, und wenn's einmal »so weit« ist, wenn das »Gerschtl« langt, dann wollen es die zwei mit einer eigenen Wirtschaft probieren.

Ganz anders als die Lisi ist die Lizzi. Die kennt den Kochlöffel kaum vom Ansehen, dafür aber um so besser Schminkstift und Puderdose. Lizzi will zum Varieté oder zum Film oder zur Bühne, jedenfalls ist sie überzeugt, daß auf dem Kontinent kein so hübsches, rassiges, interessantes Mädchen mehr lebt als sie. Noch vor kurzem war sie eine »Lisi«, lustig und frisch hinterm Ladentisch oder an der Schreibmaschine, bis sie den Herrn kennenlernte, der einen Herrn kennt, der jemand weiß, der zum Film »Beziehungen« hat. Da wurde aus der netten »Lisi« die interessant-dämonische Lizzi, und zur Zeit überlegt sie gerade, ob nicht der Sprung in die Millionengage mit Lia noch leichter wäre. Lia, so hieß neulich die

Tänzerin im Kabarett. Lisl-Lizzi-Lia hat sich mit ihrem Freund schon einen Künstlernamen ausgedacht. Sie heißt dann nicht mehr Lisi Hintermaier, sondern Lia de Stellina. Und fährt dann nur mehr achtzigpferdig. – Wenn es »so weit« ist.

Lilli heißen viele Backfische. Die Lillis sitzen vor acht Uhr morgens in der Straßenbahn, kichernd und tuschelnd, die Schulmappe oder das kleine fesche Stadtköfferchen auf den Knien, und voll von furchtbar wichtigen Geheimnissen. Sie tauschen Fotos von Kinohelden und -heldinnen aus, schwärmen für einen Operettentenor und lernen dazwischen schnell noch ein paar unregelmäßige Verben, versüßt durch ein dickes Schokoladenpralinee. Auch große Lillis gibt's. Schönheiten, die auf Salonlöwen Jagd machen, das neueste große Abendkleid zeigen, die letzte Premiere, Ausstellungseröffnung, das neueste Konzert, alles, was man »trägt«, tragen.

Lisette und Lisettchen kennen wir als niedliches wohlgeformtes Zöfchen aus hundert Lustspielen. Sie hat ein schnippisches Näschen und dazu einen ebensolchen Herzkirschenmund, sie trägt einen Spitzenhauch von Servierschürzchen und bewegt sich auf hohen Stöckelschuhen außerordentlich anmutsvoll im Salon, Boudoire und – schokoladeservierend – im Schlafzimmer der Herrin. In bescheidenerer, sozusagen hausbackenerer Form ist sie ein »Lieschen«.

In Mittel- und Norddeutschland aber ist das »Lieschen« nichts anderes als unsere süddeutsche »Lisi«, und die Lisi, die ist in allen Lebensaltern, Ständen, Berufen daheim. Das kleine Mäderl, das da aus dem Kinderwagl kräht, ist eine »Lisi« oder vielleicht noch ein »Lieserl«. Lisi ist das Kind mit dem Blumenboschen, die Siebzehnjährige, die am Stammtisch flink und munter der Kassierin hilft, das Wirtstöchterl, das Dirndl droben auf der Alm, die Mitschülerin, die Studentin, die glückliche Braut, die beliebte Schauspielerin. Lisi und Lieserl, das ist im Süden einer der häufigsten Kurznamen und begleitet namentlich unverheiratete Frauen bis ins späte Alter. Da ist die Tante Lisi und die weißhaarige Kinderfrau, die Lisi, und da ist draußen im Dorf irgendwo eine alte Bötin, eine Austraglerin, die heißt auch noch wie sie vor achtzig Jahren hieß: die Lisi. Die Leute werden wohl alt – aber der Name Lisi bleibt jung. Er gehört mit seiner leisen Zärtlichkeit jedem Lebensalter. Das ist das schönste dran.

Nokturno

Wenn das Dämmerdunkel des Frühsommerabends allmählich in die Nacht hineinwechselt, dann bekommt der Englische Garten, so hundertjährig er sein mag, wie alle älteren Herren einen starken Hang zur Romantik. Wenn der aufmerksame Leser nicht allzu zoologisch geschult wäre, so könnte man in diesem kleinen Bildchen die Nachtigallen heftig im Gebüsch schluchzen lassen. Aber im niedergehenden München haben die Leute den Glauben an die Nachtigallen verloren.

Hingegen wispert's und flüstert's von allen Bänken am Weg. Zigaretten glühen aus der Dunkelheit. Leuchtkäfer schimmern grünphosphorn durch schwarzes Laubwerk, und helle Sommerkleider und helle Beine glänzen durch die Nacht, die wahren Irrlichter vor dem suchenden Wandersmann.

Vom See her trägt ein sanfter Wind manchmal ein Stück weicher, verliebter Tanzmelodie durch den Park, über Seufzer und Schwüre, Beteuerung und Bitte, Gelöbnis und Zärtlichkeit. – Nachtwandlerinnen wandeln, ohne somnambul zu sein, die Pfade auf und nieder. Zu zweien und zu dreien und fühlen sich verfolgt von juniheißen Jünglingen in hellen Flanellhosen, Schatten gleiten aneinander vorbei. Wie große indiskrete Augen leuchten von der Straße herüber die Radlerlaternen.

Im »See« spiegeln sich die Lichter der Einkehr und zittert das Widerspiel der bunten Papierlaternen über romantischen Kahnfahrten. Kleine Mädchen sitzen da wie große Herzoginnen im Schiff und lassen sich durch die Nacht schaukeln. Irgendwo singen zwei ein tränenfeuchtes Lied von See und Rosen und Liebe und Tod und fragen die schöne Gärtnersfrau, warum sie weint. Über dem Wasser glitzern die ewigen Sterne, am Ufer ruft jemand in die Nacht hinein: »Obst hergehst, Buzi, Buzi! Du Mistviech, du ausg'schaamts ...«

Von der Insel herüber schluchzt eine Flöte. Die Bäume rauschen, und der Schwabinger Kirchturm hebt über die Wipfel mahnend seinen spitzen Finger: Vui z'vui G'fui!!

November-Abend

Im Nebel

Es ist um die fünfte Nachmittagsstunde. (Die amtliche Zeitangabe »17 Uhr« will in unserm Vorstellungs- und Sprechapparat nicht recht rutschen.) In die Straßen der Stadt fällt mit der Dämmerung der Spätherbstnebel ein und verkleidet Mauern und Dächer, Fahrzeuge und Menschen, Anlagen und Denkmäler mit dunstigem Schleier. Reizvoll ist es, um diese Zeit zu bummeln, wenn aus dem alltäglichen Bild, aus der gewohnten Realität ein geheimnisvolles Ungefähr wird und vertraute, biedere Giebel, Aufbauten und Kamine am Stadtrand wie düstere Festungen, ferne Burgen, drohende Bollwerke in das Grau steigen. Auto- und Radfahrerlichter schweben mit schimmerndem Hof als große und kleine Monde durch die Luft, als dunkle Schatten gleiten die Menschen vorbei, die Trambahn klingelt – ein dunkles Riesentier mit farbigen Augen – aus dem Nebel uns entgegen, Autohupen machen sich wichtig und jedes Geräusch klingt heller an das wachsamere Ohr. Man geht durch das Grau fast wie mit einer Tarnkappe bedeckt, wie ein Märchenmantel ist das Nichtgesehenwerden um uns. Wunderbar wie eine funkelnde Zauberschlucht liegen die Straßen der innern Stadt mit ihren hunderten von waagrechten und senkrechten, weißen, roten, gelben, blauen, grünen Lichtreklamen, die im Nebel nicht mehr sachlicher Schrei nach dem Kunden sind, sondern zum Illusionstheater werden.

An der Straßenecke streut die Hängelampe ihr strahlendes Licht über den Obstkarren, daß die Fracht darin wie seltsames Edelgestein funkelt und leuchtet: das Zinnober- und Scharlachrot, das schmetternde Gelb der Äpfel, das mildere der Bananen und Feigen, grün und weiß die Karfiolköpfe, lichtblau das Papier, mit dem der Wagen ausgeschlagen ist, und ein bißchen rubinrot die Nasenspitze des Obstlers, dessen Hände bisweilen aus dem Dunkel ins Licht kommen, magisch bestrahlt wie das hübsche Mädchen, das noch eben blühend im Licht vor dem Wagen stand und jetzt schemenhaft im nebeligen Dämmer verschwindet.

Maronibraterin

Aus der Feuerung des niederen schwarzen öferls leuchtet im Hausgang die rote Glut. Der zarte, warme Duft der gebratenen Kastanien kitzelt die Nase. Hinter dem kleinen Herd thront, in dicke Wollschals eingemummt, die Maronibraterin. Vor undenklich langer Zeit ist sie von Italien gekommen. Jetzt spricht sie nur mehr Münchnerisch und hat ihre klangvolle Heimatsprache längst vergessen. Nur mehr ihr welscher Name, ein paar große goldene Ohrringe und vielleicht die schwarzen Augen erinnern noch an den Süden. Ein sprachenkundiger, bebrillter Herr, der eine Handvoll Maroni kauft, spricht sie mit wohlgesetzter italienischer Rede an. Sie schüttelt lächelnd den Kopf und sagt: »O mei Herr, da kapier i nix mehr. I bin scho vui z' lang weg, scho als a ganz kloaner Stutzl ...« Nun wäre es vielleicht gegeben, dem sprachenkundigen Herrn die Antwort zu übersetzen; denn besonders das Wort »Stutzl« hat ihn sichtbar stutzig gemacht. Er scheint kein Einheimischer zu sein, und vielleicht denkt er jetzt darüber nach, wie sonderbar das Italienische von alten Italienerinnen in München gesprochen wird. – Er wird daheim in Rostock oder Kiel ganz bestimmt in einem Dutzend Sprachbüchern nach diesem seltsamen Wort »Stutzl« fahnden.

Zwei Männer mit hochgeschlagenem Rockkragen stellen sich an das Öfchen. »Geld ham ma koans für Eahnere Maroni, Frau, aber a bißl aufwarma möcht'n ma uns.« – Die Maroni-Matrone nickt und schüttet noch ein Schäuferl Holzkohlen in die Glut. – »Ja, stellts euch halt a bißl an d' Seit'n hi. – So hundshäuterne Zeit'n hab i no net derlebt wie des Jahr. Da geh i do liaber im Sommer in d' Taubeer und d' Butzküah ...« *Lingua toskana!*

Das Jackerl

An der Haltestelle stehen die beiden: Mutter und Tochter, und die Tochter hebt ein ums andere Mal fröstelnd den dünnbestrumpften Fuß und zieht die Schultern hoch. – »Gell, friert's di jetzt, hab i dir's aber gleich g'sagt, mit dem damisch'n Jackerl, des gar net amal übern ... geht ... War a so a guats Stückl, der Pelzmantel von der Großmuatter, aber du muaßt 'n z'sammschneid'n lass'n zu so an Kaschberlfrack, wo hint und vorn net warm halt.«

Die Tochter mit verschnupftem Naschen sagt: »I ko aa net rumlaffa wia a Spitalerin. Hat d' Fanni aa so oans und d' Niedermaier-Anni und alle trag'n's jetzt ...«

»Und alle derfrearn si' d' Haxn mit deni Spenzerl, mit de damisch'n! Sund und Schad is um den schöna Pelz, d' Großmuatter drahat si im Grab um, wenn s' des wissat. Und überhaupts bei dem Wetter hätt's dei Wettermantel aa to, na waarst warm beinand. Bei Nacht und Nebi san alle Küah schwarz ...« Die Tochter: »Und wenn nachher der Nebi weg is – na steh i da mit so an Schwammerlbrocker-Mantel ...«

Wenn der Nebel weg ist! – Das Wort tut die Kluft zwischen zwei Generationen kund. – Wer nicht über den Nebel hinaus lebt, der wird es unbegreiflich finden, daß man so einen schönen Großmuttermantel zusammenschneiden kann. Die Mutter sagt nichts mehr. Sie mißt ihre Tochter und das Jackerl mit einem Blick, so von der Seite. Sie denkt resigniert: A so san s' – so san s' – de junga Leut' ...

Ofen-Temperamente

Öfen gibt es, die sind Sanguiniker. Sie sind verhältnismäßig leicht zu behandeln und zu ertragen. Mit ein bißchen Holz und Kohlen im Leib werden sie leicht entzündet, brennen lustig drauf los und verbreiten Wärme und Behagen ohne viel Schwierigkeiten und Problematik. Aber es ist kein Verlaß darauf. Ein hartes Holzscheit, eine verschlackte Kohle nimmt ihnen bald Lust und Stimmung, weiter zu brennen. Sie spielen erst noch ein bißchen damit herum, dann sind sie müde, und wenn's nicht leicht geht mit der Flammerei, lassen sie's sein. Strohfeuer-Öfen! Gibt man ihnen eine Handvoll Späne oder Papier – gleich sind sie wieder Feuer und Flamme. Für ihre leichte Lebensführung lieben sie leichten Brennstoff. Sie sind keine Bohrer und Tüftler, keine Prinzipienbrenner und Justament-Öfen. Brennt's is' recht – brennt's nicht – is' auch recht!

Die Choleriker sind die ganz Schwierigen. Erst fauchen und rauchen sie giftige schwarzbraune und gelbe Schwaden aus jeder Ritze. Sie haben einen großen Ehrgeiz, mit einem Vulkan verwechselt zu werden. Sie brennen mit Wut und Verbissenheit. Jede Kohle sprengen sie mit Knall und Krach entzwei und tun so, als wollten sie jeden Augenblick bersten – in die Luft gehen, wie ein ergrimmter Familienvater, dem man zu viel zugemutet hat. Vor Hitze kriegen sie einen roten Kopf. Als Öfen sind sie trotzdem wegen ihrer Heißblütigkeit brauchbar, aber man darf nicht zu nahe hinkommen, sonst spucken sie einen mit Glutbrocken an.

Die Melancholiker unter den Öfen werden ganz langsam warm und brennen mit niederer Flamme. Sie seufzen oft herzbewegend durch das Ofenrohr und setzen viel Ruß an, der ihnen außen und innen etwas Trauriges gibt. – Sie sind immer ein bißchen verstopft, daher ihr Hang zu Sentimentalität. Gegen fremde Menschen sind sie scheu und voll Hemmungen beim Anschüren. Oft verlieben sie sich in ein kerniges Buchenscheit, und können sich aus lauter Gefühl nicht entschließen, es zusammenzubrennen. – Ihr Schmerz ist, daß sie als Ofen geboren sind und nicht als Stern. – Wie würden sie da leuchten!

Der Ofen-Phlegmatiker ist gut zu haben. Wenn er einmal ins Brennen gekommen ist, brennt er aus Faulheit gleichmäßig weiter und läßt nur von Zeit zu Zeit ein Stück Holz durch den Rost fallen, damit ihm leichter wird. – Er gibt nicht übermäßig viel Wärme her. »Richtet« man was daran, oder sucht man Neuerungen anzubringen, so leistet er passiven Widerstand. Er liebt keine Veränderungen. Sein Feind ist der Kaminkehrer. Gern hat er ein Haferl Kaffee auf sich stehen oder eine aufzuwärmende Suppe. Gar nicht mag er, wenn Spiegeleier oder Koteletts auf ihm gebraten werden, denn das Gebritzel und Gebrutzel stört ihn in der Sammlung und Beschaulichkeit. – Am liebsten ist ihm der Sommer, wenn ihn alles in Ruhe läßt und sein Herr verreist ist. Wenn er sich beim großen Wandel etwas wünschen dürfte: Portier in einer Glyptothek (Gemäldesammlung) möchte er gerne werden.

Vom Münchner Oktoberfest

Im »Wiesen-Hippodrom« merkt man erst, wieviel aktive und passive Freunde der edlen Reitkunst in München zu Hause sind. Der Herr Katastersekretär Zeislmaier und der Herr Adjunkt Briesmüller, der Herr Galanteriewarenhändler Bimslechner und Herr Versicherungsinspektor Scheiferl, Herren, die sonst ihr Leben lang das Pferd als wildes Tier sich vorsichtig vom Leibe halten, entdecken da ihren Hang zu diesem ritterlichen Geschöpf, ihre Freude am unentwegten Anblick seiner graziösen Bewegung und überhaupts ... Wer sagt, daß sie etwa wegen der Fülle schlanker seidener Beine und dem lieblichen Drum und Dran Hippodromler wären, der lügt und sollte sich schämen, hinter dem Interesse an Sport und Tier solchene Unsachlichkeiten zu wittern.

Und wenn der Ausrufer draußen in allen Sprachen der Welt und mit auserlesener mimischer Grandezza sein Unternehmen als den Treffpunkt der Sport- und Lebewelt bezeichnet, so rechnen sich Zeislmaier und Bimslechner natürlich zur Sportwelt. Vielleicht, daß der Adjunkt Briesmüller mit einem Fuß in der Lebewelt steht – aber nix gwiß weiß man nicht. –

Kavaliere spendieren hier ihrer Dame ein Markl, einen Taler, und ganz Noble lassen – berauscht vom Anblick ihrer Schönen – einen Zehnmarkschein draufgehen. –

»Xaverl, derf i' no amal?« schreit mitten aus der Manege eine kühne Sportlady mit etwas derangiertem Etonkopf und ebensolchen Dessous. Sie darf nochmal.

Aber sei es, daß das edle Vollblut Launen hat oder lassen die reiterlichen Künste der Schönen nach: ihr Sitz wird lockerer und lockerer. Schon fliegt sie wie ein Gummiball auf und nieder – schon klammern sich die Arme um den Pferdehals – ein Ruck – ein frischfröhliches Wiehern und Bäumen, ein markerschütternder Ruf: »Xaverl! –« mitten in das verlorene Herz von Heidelberg hinein – die Reiterin hängt wie ein Schlinggewächs am edlen Roß und rankt sich an ihm beinstrampelnd empor. – Hilfsbereite Hände bringen den kleinen reitsportlichen Zwischenfall wieder in Ordnung. – Tausend grinsende Gesichter werden glatt, und – hoch zu Roß sieht die Welt sich freier an – die Schöne sitzt wieder im Sattel. Der echte Sportgeist in ihr kennt kein Nachgeben. – »Xaverl, laß mi no amal!!« –

Der Xaverl läßt sie noch einmal. Seine Spezi sagen: »Da siehcht ma halt, was dro' is' an der Anni, dö is guat beinand mit'm G'stell und mit'm G'wand!«

Der Herr Realitätenbesitzer Schwegl mit Frau und Freund sitzt als passionierter Oktoberfest-Pferdefreund ganz vorn an der Rampe. Die kleine Schwarze, Leichtgeschürzte, findet sein mehr als wohlwollendes Interesse. – Er sagt zu den Seinen: »Das is' der schönste Gaul, der da! Da is' grad a' Freud zum Zuaschaug'n, wia schö' der trappt.« Und die Freude macht seine Augen sichtlich glänzend.

Frau Schwegl ist ohnehin ungern in dieses Etablissement mitgegangen. – Sie »bimt« vor Wut »auf die Flitschna, de wo gar koa Schamg'fui mehr harn.« – »Is ja wahr aa! – I' wann a' Mannsbuid waar, i sagat ›Pfui Deifi!‹;« –

Aber ihre Beschützer und Begleiter sind toleranter. Sie sagen nicht Pfui Deifi. Und als Frau Schwegl meint, die dressierten Hunde möcht sie so gern anschaun und die Glasbläserei, da sagt Vater Schwegl: »Des pressiert net! De laffa uns net davo' mit eahnern gläsern' Hirsch!«

Nicht minder reiterlich ritterlich als die Damen sitzt die Herrenwelt zu Pferd.

Der Beppi, gesprochen José, zeigt seinem Fräulein Braut einmal, wie er sich reiterlich ausnimmt. Er hat sein Jackett über den Stuhl gehängt, damit der neue Pullover zur Geltung kommt, und damit man sieht, wie er die Gefahr verachtet, raucht er hoch zu Roß eine Zigarette. – So trabt er – ein Colleoni aus Obergiesing – seine zwei Runden ab und wird von der stolzstrahlenden Braut unversehrt an Leib und Seele wieder in Empfang genommen.

»I' hab gar net g'wußt, José, daß du reit'n konnst.«

Er hat es auch nicht gewußt, aber er schweigt und sagt mit einer Handbewegung: »Kunststück! Net reit'n wer' i könna!« Und wenn jetzt der José Mirza Schaffy gelesen hätte, so würde er mit geschwellter Pulloverbrust seiner Fanni zitieren:

> Das höchste Glück der Erde
> Liegt auf dem Rücken der Pferde,

Liegt in der Kraft des Leibes
Und in der Schönheit des Weibes ...

Gespräch um ein Schi-Haserl

... Gar net recht abi kemma' lass'n s' an' Schnee, na' san s' scho da, de Brettlhupfer, de z'sammzupft'n ... Und Sie natürli aa! – Weil d' Weiber heutzutag überall'n dabei sei' müass'n. – Moanst, daß dir a' solche no an' Socka stricka ko' oder a' Kindswasch rauswasch'n ... Aber dabei sei' mit eahnere damisch'n Schibrettln und de Leut d' Aug'n ausstecha' damit. – Hör mir auf mit der Natur! – Mir san aa' in d' Natur ganga' wia ma' no jung war'n, woaßd as no', in Schleibinger-Keller naus, wo's im Winter jed'n Donnerstag de' guate Schlachtschüssel geb'n hat. – Dreiviertelstund hi' und Dreiviertelstund her, allweil durch d' Natur durch. – Saukalt war's und z'sammzog'n hat's oan. Koa Elektrische is damals no net ganga'. – Geh' hast müaß'n! Aber in d' Natur is ma do' kumma'. Da hat aber koa Mensch no was von Schifahr'n g'red't. Da san' d' Frauenzimmer mit'm Kinderwagl g'fahrn, net mit de Schi – und net glei alles so herzoagt, d' Hax'n und 's ganze G'stell als wia heutig'ntags. – Was – i' hätt z'wegn dem hi'g'schaugt?! Mach doch koane Spruch, Böglmaier, i' werd weg'n so was scho' hi'schaug'n! – Daß mir da d' Rosl vom Sternbräu scho liaber war', z'weg'n de Formen und so, des derfst glaab'n. No ja – vo' mir aus, schlecht is' net g'wachs'n, des Madl da. Aber daß de net weg'n Sport alloa a' so scharf auf das Schifahr'n san! – Weeckentln oder wia mas' hoaßt, möchten s' halt. – Drum treib'n s' alle Deifi-Sport übera'nand, de junga Leut. – Fahr no zua, du Has, du dappiger mit deiner Zipfihaub'n – wer' ma scho' sehg'n, was rauskummt ... d' Haxn brecha ... des taat's no ... aber nachher vielleicht oan kenna' lerna – aus Breiß'n oder sunst woher ... der wo na' auf und davo' is, wenn 's schnaggelt ...

... Aber alles was recht is, guat beinand is des Madl scho! – Scho' was dro! Des siehcht ma erseht, wenn ma's vo' hint sieht. – Holz bei der Hütt'n sozusagen! – Des is richti ... An Bluatkreislauf befördert 's scho, des Schifahrn ... Mir werd scho' vom O'schaug'n ganz warm.

Schwammerl

Große Herren haben ihre Hochwildjagd. Der Herbst bringt ihnen fröhliches Huß und Horrido. – Die Illustrierte zeigt sie und darunter steht: »Graf Itzenplitz neben einem erlegten Sechzehnender, oder Kommerzienrat Hirselsteiner mit zwei kapitalen Gemsböcken.«

Selten oder nie aber sieht man das Jagdbild: Frau Veronika Bachgruber mit dem von ihr erlegten dreipfündigen kapitalen Steinpilz. Und doch ist die herbstliche Schwammerljagd, die Jagd des »kleinen Manns«, nicht minder aufregend als eine Pirsch auf edles Wild, nicht minder das Hochgefühl über die Beute, nicht geringer der Neid des andern Jägers. – Schußneid ist noch gar nichts gegen Schwammerl-Neid. Das »Wild« ist hier so mannigfach wie bei der echten Jagd. – Da gehts vom mageren Täubling – vergleichbar dem geringen Böckl, bis zum königlichen Steinpilz – identisch dem König der Wälder, dem edlen Hirsch, wie dieser so ist auch der »Pilstling« rarster Art versteckt und schwer auffindbar im tiefsten Holz. Wer ein Körbl davon heimträgt, der kann sich ruhig mit dem hirscherprobten Weidmann messen.

Der Münchner, der Altbayer betrachtet den »Pilstling« nicht nur als eine profane Schmaus-Angelegenheit. Er sieht das Schöne an diesem Gewächs, er schätzt das sozusagen Sportliche an seiner Erbeutung. Ein recht fest und rund gewachsener, schöngefärbter Steinpilz ist uns – vor dem Magen – ein ästhetischer Genuß, eine Augenfreude und Augenweide, an der neben dem glücklichen Finder jeder teilnimmt, der vorübergeht. In der Bahn recken sich die Hälse, und die Frau Obermaier, die zwei Körble allerschönster Pilstlinge bei sich hat, ist stolz wie eine Olympia-Siegerin.

Deshalb gibts bei uns auch neben dem berufsmäßigen Schwammerlsucher, der sie auf den Markt bringt, neben dem Familienvater, der für die Seinen im Wald ein »Schmankerl« brockt, den ausgesprochenen »Herren-Jäger« auf Schwammerl, dem, noch vor dem realen Genuß daran, die Freude am Suchen und Finden, der »Weidmanns«-Ehrgeiz alles ist. – Der alte Oberstleutnant, der Amtsgerichtsdirektor oder die Frau Oberbergrat – sie hüten das Geheimnis »ihrer« Schwammerlstände mehr als jedes andere. –

Buben sind als Schwammerljäger etwas gefährlich. – Sie stecken nicht nur Rehlinge, Täublinge und Steinpilze ins Netz – bei ihnen kommt's oft mehr auf die Quantität als auf die Qualität an. – Da rutscht mancher »unsichere Kantonist« mit hinein.

Dann schickt die Mutter zum alten Schuster Wieflinger. Der ist über drei Stadtbezirke hinweg unbestrittene Schwammerl-Autorität. Zu ihm kommen auch der Herr Oberstleutnant und die Frau Oberbergrat in Zweifelsfällen. Er thront wie eine männliche Pythia auf dem Dreifuß und scheidet die Böcke von den Schafen. – »Jessas, jetzt bringt dir der Laddierl an Knollenblätterpilz für an Schampion mit! Ja schaamst di denn gar net, Bua. Da seid's ja bei oan Schmankerl alle mitnand abi'!« –

Der Schuster Wieflinger ist streng aber gerecht mit den Schwammerln.

Er läßt viele die Paßkontrolle passieren, unscheinbare und wenig bekannte Pilstlinge: »De ko' ma ess'n!« – Aber bei manch einem Staatsexemplar, das er mit dem Messer anschneidet, heißts: »Weg damit.« –

Keine Hochschule hat den Wieflinger zum Botanik-Doktor *honoris causa* gemacht. – Aber deswegen versteht er's doch besser als mancher gelahrte Professor.

Aber die Hauptsache ist letzten Endes – ob mit oder ohne *honoris causa* –, daß uns die Botanik schmeckt. Im Reich der Pflanzen gebührt in diesem Punkte ein Ehrenplatz dem edlen Gewächs: Schwammerl mit Knödel.

Die Sommerfrischfamilie

Da sitzen sie nach Feierabend zwischen Dunkel und Siehgstminet auf der Hausbank: der Hausvater, der Gabler, dampft seinen Kloben und läßt die Füße in das Wasserschaff hängen, die Bäuerin klaubt und sortiert aus dem Fallobstkorb in die Schüssel, sie hat's im Griff, was zum Einkochen taugt, das junge Volk, der Simmerl und der Hansl, so um die siebzehn und achtzehn, rankeln ein bißchen, die Urschl, die Älteste, hat den Sepperl, das Nesthäkchen, auf dem Schoß, die Magd, die Zenzi, sitzt nebendran und noch zwei Dirndln aus der Nachbarschaft.

Die Sommerfrischfamilie ist fort. Jetzt läßt man sie auf der Hausbank »durchlaufen« ... »Soweit waarn's net übi' g'wen, verstanna' han' i 's ja net allweil. De schmatz'n da an Zeug, daß d' grad lus'n muaßt, bei de Breiß'n drob'n ham s' halt do' a' ganz anders Mäui, und i' han aa' allweil alles no'mal vodeutschn müass'n, bal i' was g'sagt ho'. Sag i zur Frau ›In der Kuchl ent' steht enger Milli‹; – sie hat mi fei net kapiert. Muaßt sag'n wia da Schuilehra in der Schui: ›In der Küchä steht engere Muich.‹; Nach und nach is' scho' ganga'. Auf d' letzt hätt ma' uns ganz guat unterhall'n kinna.« – So sagt die Bäuerin. Der Bauer hat 's nicht mit dem Reden. Er sagt: »Schmatzt halt a jeder, wia er 's g'lernt hat.« Die zwei Burschen, der Simmerl und der Hansl: »As Schuahplattln hat er aa probiert, der Junge, der Doktor. Is eahm sei Aug'nbrilln abig'falln und an Knöchi hat er si' an de Ferscht'n aufg'schlag'n. Zehn Maß Bier hat er uns g'hoaß'n, wann wür's eahm beibringa', aber hat nix g'nutzt. Is a so a' Trumm Mannsbuid. – Hast n' g'sehng beim Aufleg'n, wia ma an Woaz ei'g'fahrn ham? Nix hat er auffibracht, samt seiner Foast'n. Und nachher mit sein' Tschiugriff oder wia ma's hoaßt. Sagat er, mit seine Trick da legt er den stärkst'n Mo' hi'. Hast es scho' g'sehng mit 'n Brunner-Xaverl. Den hat er aa sein Tschiugriff zoag'n wolln. Aber der Xaverl hat'n so g'spassig hintrig'feuert, daß Boana g'scheppert ham. De ham eahnere Trix bei deni Schbort in der Stadt, aber mir herauß' ham halt de unsern aa!«

»Zu mir«, kichert das Nachbardirndl, hat er amal am Zaun hiebei g'sagt: »›Na, schönes Kind, hast du schon 'nen Schatz.‹; – Naa, hab i g'sagt, wart'n wer' i' no auf oan. Der Alt' war ja aa a' Hallodri. A'

Lamperl, wann »Sie« dabei war, da hat er net bis auf fünfi zählt, aber hast as' scho g'hört von der Bruckenwirtsfanni, wia er allweil' hinter ihra' nachgamst is. Und g'rad Aug'n g'macht und tätschelt, wenn s' eahm a' Halbe hi'gstellt hat ... Und von de Volksbräuch hat er aa allweil was wissen woll'n, wia 's da is' beim Fensterln, und von de Wuiderer hätten s' eahm allweil derzähln solln. – Mei' Mensch, ham an de drunt o'g'log'n beim Brück'nwirt ...«

»Sie, d' Tochter, war ja a' ganz a' sauberes Bröckerl«, sagt der Hansl. – »Geh zua«, meint die Zenz, die Magd: »De – und sauber! A' so boanig war de scho, koa Holz bei der Hütt'n gar net!« – Die Bäuerin: »Sag des net, braucht net a' jede glei so foast sei. – An so an guat'n Gruch hat s' bei ihr g'habt, i hab i' grad gern nachhi' g'rocha'.« Die Zenz: »Weil's an ganz'n Tag mit sein Riachglasl ei'tröpfit hat. – Der Webermichl, des saudumme Rindviech' hat aa g'moant, er müasset si' o'wandl'n. Kimmt er net letzt'n Samstag mit sein guat'n Plüschhuat und sein neien Flaum drauf ummi. – Und grad g'wart und g'stand'n bis aus'n Haus kemma is.« Der Bauer: »De werd si' grad um so an Hihaha kümmern wia 'n Michi.« – Die Dirndl'n: »Derfat froh sei, wenn s' an solchen kriagat, werd scho in der Stadt so an Schlanga'fanger ham! – De wann eahm a'mal aufkocht ... Fragt's net neili, ob ma' de Kaibi an Schokoladbonbon geb'n derf.« – Die Bäuerin: »Geh seids do net gar so harb mit dem Madl. – Hat a' jed's seine Fehler!«

»... Und viermal im Tag a' anders G'wand. – Sie aa, d' Frau. – Was de Weiber Koscht'n macha'. – ... Mit an Gummiballn is' rumgloffa', wia a' kloans Kind. Ham s' allweil auf der Wies'n eahnan Gymnastik gspuit ...« Der Bauer: »Is' wia's mag – geht uns nix o! Wer schö' zahlt, werd schö' begrab'n.« – »Und a' schöne Nachred kriagt er aa«, sagt die Bäuerin und setzt hinzu: »Ihr Mäuler, ihr bäs'n...!«

Spätsommer-Vignetten

Ausflugsmenschen auf der Bahn, auf dem Schiff, auf jeder Art von Fahrzeug, sie mögen noch so erwachsen, alt, würdig sein, haben immer was vom Glück einer Maiausflugs-Klasse an sich.

Die Freude am eroberten Platz, daß alle so schön beieinandersitzen, daß man sich zum Wagenfenster hinaus-, über das Schiffs-Geländer hinweglehnen kann, daß dann nach Pfiff oder Glockenton das Vehikel zu Land oder zu Wasser plötzlich gleitet, fährt – fährt ...! Das ist es. Die alte Kinderlust am Fahren macht alle vergnügt, und selbst über die zerknittertsten Hypochonder- und Grantlhauergesichter geht bei der Abfahrt ein Schimmer von gewesenem Kinderglück.

Das kleine, breithüftige Amperschifferl trägt uns zum See, an Weiden, Schilf und silbrigen Horizonten vorüber. Im dichten Dschungel und Sumpf zu beiden Seiten des Wassers quarrt und quakt, quietscht und quillt es, alte Pfadfinder-, Indianer- und Abenteuerbüchl-Erinnerungen werden wach.

Das Plustern und Pruschten des Schiffs schreckt einen großen Vogel aus einem Weidenbaum hoch und mit gemachem Flügelschlag streicht er über das Schilf. »Schaug, Reserl, a Storch!« sagt die Mutter zu ihrem kleinen Mäderl. Der Vater weiß es besser: »Des is koa Storch – des is a Reiher!« Aber die zoologische Aufklärung läßt Mutter und Kind ganz kalt. Ihnen ist ein Storch lieber. Dabei bleibt es. Ringsum ist emsiges Frühstücken mit Eiern, Wurstsemmeln, Birnen.

In Stegen gibt das Schifferl seine Passagiere ans Ufer ab. – Nach wenigen Minuten haben sie sich in der Gegend verloren, in den Wald, zum See hinüber, auf den Dampfer, ins Bad oder ins Bräuhaus.

Im hohen, reinen Blau des Nachsommers ruht der köstliche Sonntagshimmel über dem grünen Land, über dem glitzernden See. Die Landschaft leuchtet. Wie weit der Herbst noch ist ... Im Weitergehn legt sich übers Gesicht ein verwehter, silberner Faden, den ein zärtlicher Wind von den Gärten her durch die Luft schwimmen läßt – Altweibersommer.

*

Die alten rissigen Holztische in dem kleinen Bauernwirtsgarten stehen unterm Laub der Nußbäume geborgen wie in einem dämmergrünen Zelt. Die Sonne kringelt durch die Laublücken auf die grauen Bretter ihr Licht, und der schwanke Schatten der Zweige läßt sie über Tisch, Bank und Rasen spielen. Ganz still ist's da in dem Winkel. Gegen Süden zu geht über Wiesen und Stoppelfelder weg der Blick zum fernen blauen Riß der Berge. – Ein Apfelbaum steht auf dem Angerl, die schweren Zweige gestützt von Brettern und Stangen. Über einem Restl Wein im Glas brummeln trunksüchtige Wespen um den einschichtigen Gast. Blauer Tabaksrauch wölkt in die Bäume. Man muß sich lang auf der Bank ausstrecken, die Joppe im Genick. Es liegt sich gut. Irgendwo pfeift ein Vogel zwei, drei zage Pfifflein in den wachsenden Mittag und läßt es wieder sein, Hennen kratzen unentwegt und gefräßig im Boden, der Hahn ist schön und sonst nichts, aber überlegen und resigniert zugleich bei seinem Harem.

Ein paar weiße Leintücher sind zum Trocknen zwischen den Bäumen aufgehängt, hinter ihnen geistert lautlos eine Katze. Beim Apfelbaum drüben fällt mit leisem Klaks ein Frühreiter ins Gras, ein gilbes Blatt vom Nußbaum und noch eines schwebt an uns vorbei, und stille steht die Zeit ...

»Spezi«

Da sind die »Spezi«. – Sie sind seit den ersten Schultagen dicke Kameraden, und wenn's auch manchmal eine kleine Rempelei zwischen dem Maxi und dem Xaverl gibt – sie vertragen sich immer wieder und halten fest gegen ihren gemeinsamen Gegner, den langen Schorsch von der achten Klass', zusammen. Um dreiviertel auf acht pfeift's unten am Haus vom Maxi. Das Signal: Wannst net kummst – na geh i! Der Xaverl ist da. Schnell noch im Stehen nimmt er den letzten Schluck aus der Frühstückstasse. Dann poltert er die Stiege hinunter und hört den alten Feind und Widersacher, die Hausmeisterin, gerade noch aus der Tür herauskeifen: »Saubua, elendiger, muaßt allweil a solchas Getrapp macha, daß d' fei net über d' Stiagn abigeh kannst wia andere Leut!«

Nein, das kann der Maxi nicht, und der Appell der Hausmeisterin ist schon seit Jahren umsonst.

»Servus Xari! Servus Maxl.«

»Du, was kommt denn bei dera damischn Bruchrechnung raus?«

»Was, fünfazwanzg? I hab dreitausendvierhundertsex rausbracht. Geh laß mir's gschwind a bißl abschreibn.« Und am Fensterbrettl im Stiegenhaus wird mit fliegender Eile die Korrektur auf der Tafel vorgenommen. Das ist doch praktisch, daß man Papier sparen muß und die kleineren Hausaufgaben auf die Tafel machen darf.

Nach dieser »dienstlichen« Angelegenheit zieht der Maxi einen Automobilkatalog aus der Tasche, und im Weitergehen betrachten die Spezi mit glühendem Kopf die neuen Modelle. Der Xaverl entscheidet sich für ein kleines Kabriolett. Aber das findet beim Maxi keinen Anklang. »Je, was wuist denn mit dem Kinderwagl, da bringst ja höchstens siebzge 'raus. – Des da – des waar des meinige. Siehst den Rennwagen da mit dem Kompresser. – Da taat i dir so gspassig säuseln, mei Liaber!«

Der Xaverl: »Mei großer Bruader kriagt jetzt bald an Zwoazylinder mit an Sozius. – Wennst mi an dei'm Apfi beißn laßt, vielleicht derfst na a amal mitfahrn.«

Der Maxi läßt sich auf diesen Zukunftswechsel ein und hält dem Spezi den Apfel unter die Nase. »Aber fei net glei so fest!«

Jetzt ist das Täuscheln im Gang. »Maxi, gib mir dein' Autokatalog, nacher kriagst von mir den Schraubnziager.« – Und aus der Tasche holt der Xaverl das verlockende Tauschobjekt. In solchen Bubentaschen haben Dinge Platz, von »denen sich die Schulweisheit nichts träumen läßt«. – Da wickeln sich auf der hohlen Hand aus Spagatresten heraus Briefmarken, Reklamebilder, Nägel, ein Magneteisen, eine Holzkugel, eine invalide Füllfeder, Blechschachterln, ein Porzellanhündchen, ein Kittbatzen, da kommen beim Täuschler daneben Kastanienmanndln, Nickeluhrketten, Brausepulver, ein Klümpchen Kandiszucker, beklebt mit Wollwutzerln, Spielmarken und abgebrochene Schlüssel zum Vorschein.

Eine Bubentasche ist unergründlich wie der Hut eines Zauberers.

Jetzt kommt der lange Schorschl von der »Achten« vorbei. Aha! Heut pfeift er ganz harmlos vorüber, weil er die »stärkeren Bataillone« gegen sich hat: die zwei Spezi. Der scheinheilige Tropf! Der wenn heut was wollte! Der Maxi und der Xaverl haben vereint Schneid gegen die längsten Achtklaßler. Sie riskieren es heut sogar, dem Schorsch nachzupfeifen. Der dreht sich – sozusagen aus Prestigegründen – um. »Was möchts denn, ihr zwoa Hosensch ...« Aber der Xaverl und der Maxi nehmen den Fehdehandschuh auf: »Gel, tua fei net koppeln, du langgstackeltes Elend!« So wörteln sie hin und her, aber beide Parteien sind heimlich doch froh, daß sie ihren Heldenmut nicht beweisen müssen, weil gerade der gestrenge Herr Lehrer um die Ecke biegt. Der lange Schorsch »verzupft« sich. Die Spezi sagen: »Ogfangt wenn er hätt, a' solche Schelln hätt er von mir scho' gfangt! – Mei, der is' mir ja vui zweni, daß i eahm was taat!«

Da kommt der feine Knabe Eduard vorbei, der mit der großen Schleife auf der Bluse. Der geht immer mit den Mädchen seinen Schulweg; denn seine Mama will nicht, daß er mit den bösen Gassenbuben »verkehrt«. Dem rufen die Spezi verachtungsvoll über die Straße zu: »Madlbua! Madlbua!« – Sie sind noch in dem Alter, wo der Umgang mit Mädchen dem Mann kein Renommee gibt, sondern ihn verächtlich macht. – Nach zehn Jahren werden auch die Herren Maxi und Xaverl nichts mehr dagegen haben, »Madlbuam« zu sein. Ein Fünferl soll noch bei der Frau Kramerin Wittenzellner in »Bärendreck« umgesetzt werden, da schaut der Maxi auf die Turmuhr. »Schiab Xari, schiab! Zwoa Minut'n hat's no' bis achti!« Und die Spezi setzen sich in Trab und witschen gerade noch durch die Schulzimmertür, als draußen die Schulglocke bimmelt. »Ihr zwei müßt natürlich wieder als die letzten kommen«, sagt der Lehrer. – »Bittschön, Herr Lehrer«, entschuldigt der Maxi, ein bißen außer Atem: »D'Uhr is z'spät ganga« – »und bei uns war der Kaffee so heiß«, sagt der Xaverl. »Na, dann schert euch jetzt in die Bank, ihr zwei« – der Kathedermann schaut sie hinter den strengen Brillengläsern mit leisem Schmunzeln an – »ihr zwei Spezi...«

Umgang mit Steckenpferden

Da steht nun unser gutes Arbeitspferd. Bei dem einen rund und schwer, bei dem andern knochig und mager, da schlankbeinig und trainiert, dort behäbig und ein bißchen rassengemischt. Wir füttern es, wir putzen es, spannen es ein und aus, aber fast immer mit leisem Seufzer, mit gewohntem, mehr oder minder gleichgültigem Handgriff, manchmal kriegt es einen freundlichen Klaps auf die Kruppe und manchmal an widerspenstigen Tagen ein erleichterndes Flüchlein.

Nebenan in einem kleinen Verschlag von blitzendem Komfort aber steht unser Steckenpferd. Was die Sprache an zärtlichen Worten hat, wird ihm zuteil. Immer wieder stehlen wir unserm braven Arbeitsgaul eine Handvoll Haber, wir putzen das Steckenpferd dreimal so lang und beim geringsten Anzeichen von Verstimmung holen wir den Tierarzt.

Was unser Steckenpferd auch fallen läßt – es sind goldene Äpfel für uns. Wir tummeln das muntere Tierlein nach Feierabend und Sonntag in der Manege und haben eine helle Freude, es unseren Freunden und Bekannten vorzustellen. Der Herr Oberlandesgerichtsrat stellt seine Zinnsoldaten auf, der Geheime Medizinalrat bastelt an seiner Uhrensammlung, der Buchhalter malt Pfirsiche mit dem grausamt'nen Reif, den keiner so hinbringt, der Prokurist dichtet Schnaderhüpfel, der Dichter hat Kummer, daß in seiner Briefmarkensammlung der Rote Zehner von Schleswig-Holstein fehlt, und der Maler will in diesem Jahr noch den einarmigen Handstand fertig bringen.

Niemand ist ohne Steckenpferd. Es ist das noble Luxusgeschöpf der großen und kleinen Leute und unser aller Lieblingstier. Es ist – mehr noch als der Magen – der Weg, durch den alle Liebe geht. Streichelt das Steckenpferd! – Da ist der finstere Generaldirektor, dessen Höhle durch zehn Sekretäre bewacht und verteidigt wird. Bringen Sie ihm ein Millionenprojekt, die Zusammenfassung aller europäischen Wasserkräfte, die Entdeckung von Radiumlagern oder die Geheimakten des Konkurrenz-Trusts – der Herr Generaldirektor ist leider durch eine Sitzung in Anspruch genommen. Aber schreiben Sie ihm einen Brief, wie außerordentlich interessant Sie seinen Beitrag über »Eßbare Knollenpilze« im »Schwammerlfreund« gefunden haben, und ob Sie sich darüber nicht nähere Aufklärung holen dürften – gleich springen alle Türen auf.

Lassen Sie sich nicht einschüchtern, daß die gefeierte Sängerin von einem Wall prominentester Verehrer umgeben ist. Sie haben den Schlüssel zu ihrem Herzen: einen kleinen chinesischen Porzellanpudel von der Sorte, die sie leidenschaftlich sammelt. Der berühmte Minister und Staatsmann wird Ihnen kein Wimperzucken schenken, wenn Sie sein Schutz- und Trutzbündnis mit Andalusien bewundern. Sagen Sie ihm, daß der Greisenhaar-Kaktus Nummer siebzehn auf der Ausstellung der schönste war. Er wird strahlen. Denn er ist aus seiner Zucht. Und wenn Sie erst dem großen Philosophen mitteilen, daß er eigentlich noch viel mehr der geborene große Laubsägekünstler ist – dann haben Sie für ewig in der Philosophie einen Stein im Brett. Unsere eigenen Steckenpferde verlangen schon viel Zucker. Aber nicht genug Zucker kann man den Steckenpferden der andern geben. Das Wort am rechten Ort: An Ihnen ist ein großer ... (Passendes einzusetzen) verloren gegangen, wird stets wie eine edle Auster geschluckt. Denn an jedem von uns ist irgend ein großer ... (Passendes einzusetzen) verloren gegangen. Es ist der Grund, warum so viel in der Welt vermurxst wird.

Niemals aber sage man zum Nächsten: »Haben Sie, Verehrtester, noch nicht bemerkt, daß Ihr Steckenpferd aus Holz ist?

Stiegenhaus

Aus den Tiefen der Mietshäuser

Die schwarze Hand. An der ersten Treppenstufe steht, von vielen Tritten schon verwischt, das Kreidezeichen, seltsame Runen und Symbole eines Geheimbundes, der über das Haus die Acht verhängt hat. Hinter den Mauern im Stiegenhaus rasselt und zischt und wischt es. Geister, die unter dem Stein ihren Spuk treiben. Die Speichertüre schlägt in den Angeln hin und her wie ein gespenstischer großer Flügel, und an der Wand lehnt die schwarze Leiter des Kaminkehrers, der da oben sein Reich aufgeschlagen hat. Die Frau verwitwete Geheimsekretär Wambsgibl kraxelt empört die Stiege hinauf, denn da oben im Speicher hängen ihre Paradekissen. Das ging ihr grad noch ab! Und sie rettet die kostbaren Stücke eilends vor dem Zugriff der schwarzen Hand. Als sie an der Leiter vorbeikommt, legt sie schnell drei Fingerspitzen an eine Sprosse. Das bedeutet Glück.

»... Gel, Sie glaab'n aa dro'«, sagt die Rosi, das Doktorkocherl vom zweiten Stock, das der Frau Geheimsekretär oben begegnet. »I' hab aa grad unser' Wasch' im Speicher vor dene g'schert'n Kaminkehrerklacheln derrett'! – So oft i' a' Loater steh' siech, g'lang i's o'!« – Die scharfen geschwinden Mannsaugen der Frau Geheimsekretär gehen an der Rosi auf und nieder und bleiben an einem schwarzen Rußfleck auf Rosis Nasenspitze haften.

Sie sagt spitzig: »Aberglaub'n hin – Aberglaub'n her. Die ein' langa d'Leiter an, und de andern an Kaminkehrer ... Da, an der Nasenspitz'n ham S' Eahna voll Ruß g'macht, Fräul'n Rosi!« Und die Frau Geheimsekretär steigt mit ihren Paradekissen unterm Arm majestätisch, ernst und sittenstreng zu Tal wie Moses mit den Gesetzestafeln.

Die Frau Geheimsekretär ist das Hausauge. Sie verbringt keine kleine Zeit des Tages hinter dem runden Guckerl, und was immer an Geräuschen im Stiegenhaus laut wird, das ruft sie auf Posten. Dann geht lautlos das Deckelchen hinter der Tür seitwärts, und aus dem runden Glasauge pirschen sich die Blicke hinaus. Gasmann und Monteur, Hausierer und Bettler, Zettelverteiler und Briefträger, Zeitungsfrau und Köchin – wer immer vorüberkommt, wird länger oder kürzer »bestrahlt«. Manchmal öffnet sich der Türspalt. Pst! Pst! Die Frau Geheimsekretär lotst den Telegraphenboten heran. Sie muß es wissen, zu wem der will, auch der Geldbriefträger soll Rechenschaft geben über Wohin und Wieviel, und der Bettelmann bekommt sogar einen Zweiring, wenn er sagt, was für eine Suppe sie ihm bei Biglmaiers gegeben haben. Erbsen! Aha! Da kriegt der arme Mann mittags wieder nur Wiener Würstl! So eine kann ja kein Rindfleisch sieden!

Aber jetzt – horch! Oben werden Schritte laut! »Die Person« kommt herunter. Das ist für die Frau Geheimsekretär am Guckerl ein Affekt wie für den Weidmann das Auftauchen eines Achtzehnenders. »Die Person« ist für das Guckerl der Blick- und Angelpunkt im Stiegenhaus. Noch weiß man fast nichts von »der Person«. Sie ist alleinstehend, geschieden, elegant – die Männer, diese geschmacklosen Burschen, finden sie hübsch. – Sie soll studieren. – Schauspielerin soll sie auch gewesen sein ...

Ah! Da ist sie. – Das Auge hinterm Guckerl zielt scharf. Wieder ein neues Pelzkostüm! Woher »die Person« nur das Geld dazu hat? Die Zugehfrau, die Bachl, muß es doch noch rausbringen, was »die Person« von ihrem armen geschiedenen Mann bekommt. Gestern ist sie um neun Uhr weg und erst nachmittags um vier Uhr heimgekommen. Und Rosen hat sie dann dabeigehabt. Die – und Medizin studieren? Von so einer Person ließe sich die Frau Wambsgibl nicht einmal in den Hals schauen ... Jetzt ist sie schon die Treppe hinunter. Die Frau Geheimsekretär öffnet die Tür zu einem schmalen Spalt und schnuppert ins Treppenhaus. Natürlich wieder ein ganz ausg'schamtes Parfüm! So eine Person weiß ja, auf was die Männer fliegen. Nur fest eintröpfeln! – Eine Schand' ist's, in so einem soliden Haus ... Die Frau Geheimsekretär wird heut nachmittag um vier Uhr wieder auf Posten sein. – Das Glasauge in der Tür schließt sich für drei Minuten, nur so lang, bis Makkaroni im Tiegel umgewendet sind. – Dann ist das Stiegenhaus wieder von seinem Horchposten besetzt.

Kinder haben in der Schul' ein Stückchen Kreide mitgehen lassen. Jetzt steht unten im Flur, quer über die Wand geschrieben: »Der Biglmaier Schorsch ist ein Af. Ich Eßel muß ales leßen.« Auch Manndl und Häuseln sind daneben gemalt. – Die Hausmeisterin hat den Schlodererbuben stark im Verdacht. Denselben, der immer übers Geländer rutscht, der im Hausgang Raketen und Frösche abbrennt und den Kitt von den neueingeglasten Fenstern kratzt.

»Derwischen wenn i'n halt a'mal tua, den Saubuam, seine Pratz'n schlag' i eahm weg. – So oaner bringt oan no' unter d'Erd'n! Aber waar ja a Wunder, wenn von so a'ra Bagasch was G'scheid's kemmat ...«

Die Frau Schloderer hat das harte Wort »Bagasch« durch einen der hundert Ratsch- und Tratschkanäle des Hauses angeschwemmt erhalten. Deshalb findet auf dem dritten Treppenabsatz ein Meinungsaustausch statt: Schloderer kontra Hausmeister.

»... Eahner geb'n ma no' lang koa Bagasch ab, Sie ordinäre Hausmoasterlarva! – Schaug'n S' nur auf Eahna Anni auf, über de fallt ma auf d' Nacht im Hausgang nüber, wenn s' mit dem ihrigen in der Eck rumpussiert. – Mei Maxi tuat koaner Fliag'n was o' ...«

»... Den siech i no a'mol, Eahnern Maxi, mit dem könna S' no was erleb'n, daß der auf Numero Sicher aufg'hob'n is. A solches G'schwerl im Haus g'hörat ...«

»Sepp! Sepp! Kumm raus! G'schwerl sagt der Schlamp'n zu uns ...«

Ganz leise geht bei Frau Geheimsekretär Wambsgibl die Tür in den Angeln, und das linke Ohr richtet sich feinschmeckerisch eine Treppe aufwärts.

Der Zettelverteiler im dünnen Sommerüberzieher hält in klammen, blaugefrorenen Fingern sein Paket Reklamebögen. Treppauf, treppab, von Briefkasten zu Briefkasten legt er den Hausfrauen die Empfehlung des Waschmittels. Da in der Fensternische sitzt ein alter Bettler und löffelt dicke Brocken aus der dampfenden Suppe heraus.

Die Augen des Zettelverteilers gehen für eine Sekunde hinter den Brillengläsern verlangend nach dem vollen Teller. – Vorbei. Er, der *stud. phil.*, der sich von Tag zu Tag sein Leben und Studium erkämpfen muß, darf nicht daran denken, in einer Fensternische im Stiegenhaus ... Nicht daran denken ...

Am Abend, wenn das Tor geschlossen ist, das Stiegenhaus im Dunkel liegt, stehen groß und gruselig die Schatten der Fensterkreuze an den Wänden, da knacken Dielen und ächzt die Wasserleitung. – Der Heimkehrer drückt auf den Knopf, der Licht machen soll, aber vergeblich; denn von selbst richtet sich eine kaputte Treppenhauslichtleitung nie wieder ein. Wunder geschehen nicht mehr.

So tastet sich Fräulein Lina, ein ängstliches Mädchen vom vierten Stock, am Geländer empor. Sie kommt aus dem Kino und muß nun alles Vergnügen an Micky-Maus und alle Spannung an Marlene Dietrich mit schrecklichem Herzklopfen bezahlen. Sie strebt knieschnacklig durch die Finsternis. – Räuber können da in den Türnischen verborgen sein, die es sowohl auf ihr Handtäschchen wie auf ihre Unschuld abgesehen haben, Geister treten vielleicht aus der Wand heraus und fangen an zu spuken ... Knacks ... da ist jemand oben ...!

Und oben hält zitternd der Herr Aktuar Hingerl seinen Maßkrug umspannt. Er war grad auf dem Weg, sich noch eine Halbe aus der Wirtschaft zu holen. – Wer weiß, wer sich da unten im Dunkeln herumtreibt.

Am Guckerl der Frau Geheimsekretär aber rührt sich der Deckel. – Sie hält Ausschau nach »der Person« ...

Der Leidensweg des Strohwitwers

Stroh-Feuer – Stroh-Mann – Stroh-Witwer. Dieses Wörtchen »Stroh« bedeutet nach allem Vergleich nichts anderes als eine Vorspiegelung falscher Tatsachen, juristisch gesprochen also eine Stroh-Tatsache. Der Stroh-Witwer ist die Atrappe eines Witwers, durch weibliche Empfindung gesehen: ein Trugbild, eine Fata-Morgana von Herrn in sicherer Position und angesehener Stellung in bestem Alter. Sozialbio- und -zoologisch betrachtet ein Amphibium, das weder ins Gewässer der Ehelosen noch aufs Trockene der Verheirateten gehört. Zur Klasse der Junggesellen kann man ihn keinesfalls rechnen, da er nur gewisse äußere Gepflogenheiten dieser Menschengattung und diese nur auf Zeit ausübt. Der Strohwitwer ist selten unglücklich, aber, um gerecht zu sein, nie ganz vollkommen glücklich. Seine Frau ist verreist. Der erste Tag ist für den Strohwitwer nach einem kurzen schnellen Aufatmen fast unerträglich. Hilflos wie ein ausgesetztes Kind bewegt er sich in den vier Wänden, und es fehlt nicht viel, so würde er sich vor dem schwarzen Mann fürchten. Sobald es die Schicklichkeit zuläßt, flüchtet er sich ins Gasthaus, nur um Menschen um sich zu haben. Er kennt seit Jahren das Gasthaus zur Mittagszeit nicht mehr; denn der häusliche Herd hat ihn von zwölf bis zwei Uhr in seine warmen Arme genommen. Jetzt ist das wirtshäusliche Mittagessen eine Sensation für unsern Strohwitwer. Er, dessen Wochen-Menü feststand wie eine Felsenburg, bekommt jetzt eine Speisenkarte in die Hand mit dreißig lockenden Gerichten. Da will er sich nun einmal etwas besonders Gutes tun. Es ist ihm zumute wie einem Sechzehnjährigen, der heimlich mit seinem Taschengeld »erwachsen« spielt und nun großartig bestellt. Rindfleisch mit Beilage. Das hat's nämlich am Montag daheim auch gegeben. Nachdem er die anderen Gerichte gewogen und zu leicht befunden hat, ist er auf den guten Gedanken gekommen, dasselbe zu speisen wie daheim. Wir wollen die ferne Frau nicht kränken. Es hat dem Strohwitwer gut geschmeckt. Denn der Reiz der Neuheit war die beste Beilage zu seinem Rindfleisch. Am ersten einsamen Abend wollte er eigentlich länger ausbleiben als sonst – aber da fällt ihm um elf Uhr ein, daß er vielleicht den Gashahn nicht geschlossen hat, und nun ist kein Halten mehr. Im Taxi rast er heim, katastrophenbang. Aber Gott sei Dank, der Hahn ist zu. Die eindringliche Mahnung der Frau ist nicht wirkungslos geblieben. Der Strohwitwer hat im Unterbewußtsein den Gashahn zugedreht. Am frühen Morgen erwacht der Strohwitwer an der tiefen Stille, die in der Wohnung herrscht. Gleich kommt er in Bewegung auf der Suche nach einem frischen Handtuch. Aber weder Handtuch noch Eier, weder Kaffeemühle noch Marmelade ist an dem Platz, an dem er sucht. Seine Frau hat ihm alles genau gesagt. Aber sie muß sich geirrt haben. Die verflixten Schlüssel passen nicht an Schränke und Kommoden. Der Wasserhahn im Bad läßt sich nicht drehen, diese blödsinnige Jalousiemechanik bringt der Kuckuck auf. Der Strohwitwer lernt nun Stück für Stück seine Wohnung kennen, und tausend Nücken und Tücken, von denen er während seiner Ehezeit nichts spürte, dringen wie kleine Teufel auf ihn ein. Er holt seine verblaßten Kenntnisse und Fertigkeiten aus seiner Rekrutenzeit zu Hilfe und putzt seine Schuhe mit Spucke und alten Taschentüchern, weil natürlich dieser blöde Wichskasten wieder weiß die Hölle wo steht. Sein rührender Versuch, das Bett zu machen, erstickt im Keime. Dann klingelt's, und Leute, von deren Existenz er nie geahnt, wünschen ihn in den schwierigsten Angelegenheiten zu sprechen. Da kommen der Kartoffelmann und der Lichtzähler und die Frau, die das Treppenputz-Geld einkassiert, und einstweilen brennt das Fett in der Pfanne an, und der Gasherd bullert so verdächtig. Das Haus wird dem Strohwitwer zum Gespensterheim. Er flüchtet ins Freie und betritt nur bebend wieder seine Schwelle. Aber schon nach einigen Tagen ist unser Strohwitwer leichter im Gewissen geworden, und nach einer Woche sieht sein trautes Heim aus wie der Keller eines Altwarenhändlers. Ein liebliches Geläute wie aus fernen Junggesellentagen zieht leise durch sein Gemüt. Er wendet gewandt den Kragen um, wenn die rechte Seite nicht mehr ganz einwandfrei ist. Er trägt unbekümmert die Ziehharmonikahose, zumal ihm bei dem Versuch mit dem elektrischen Bügeleisen durch einen allerliebsten Brandfleck die helle Sommerhose verziert wurde. Der Strohwitwer sieht im weiteren Verlauf seiner Strohwitwerschaft mit einer unleugbaren Wärme gutgewachsenen Mädchen im Treppenhaus nach, diskret natürlich und eigentlich rein reflektorisch, er versucht sich in Gesellschaft in der fast verlernten Kunst des Hofmachens und gibt – glücklich, daß es ohne Unfall gelang – einem holden Gegenüber einige Komplimente zum besten, denen ein leiser Kampfergeruch entströmt. Die

Freunde haben es nicht schwer, ihn nach einem vergnügten Abend noch in ein Tanzlokal zu verschleppen, und seine Walzerkünste, durch Jahre brach gelegen, versuchen noch einmal ihr Glück. Der Strohwitwer ist bei alledem treu. Er spielt nur wie ein der Gefahr nicht bewußtes Kind an allerlei Feuern. Aber sein Halt bei allen Schicksalen und Abenteuern ist der Gedanke, daß er vielleicht den Gashahn vergessen haben könnte. Er steht wie der mahnende Finger des Ehegewissens vor ihm und führt ihn aus allen Fährnissen zurück an den zwar verwaisten, aber dennoch trauten häuslichen Herd.

Bekenntnis zu Tafelfreuden

Eine Kirchweihbetrachtung

Es gibt Leute, denen gut essen und trinken und mehr noch die Freude daran als gemein und banausisch erscheint, die gleich ein hochmütiges, verächtliches Gesicht kriegen, wenn nur je in ihrer illustren geistigen Atmosphäre ein Wort von herzhaften Tafelfreuden fällt.

Ich kannte einmal eine dichtende Dame, die konnte das Wort »essen« – obwohl sie ein beträchtliches Lebendgewicht besaß – nicht hören, es war ihr zu ordinär, zu pöbelhaft. – Sie sagte mit spitzen Lippen: »Ich esse nicht – ich nippe nur.« – Was sie dichtete, war auch danach.

Gottfried Keller sagt einmal ungefähr: »Aus einem Menschen, in den nichts Ordentliches hineingeht, kann auch nichts Ordentliches herauskommen!«

Hier sei nicht dem Fraß, der Völlerei, dem schlampampenden Ungeheuer das Wort geredet, sondern heut, zu Kirchweih, soll dem Zeitgenossen ein Kränzlein geflochten sein, der sich mit Sinn, Verstand, Liebe und freier, ehrlicher Genußfreude von Mal zu Mal an einen guten Tisch setzt. Wir Vielzuvielen, die das Leben ohnehin nicht mit Kapaunen mästet, gleichviel ob wir mit Kopf oder Hand schaffen, können – wenn wir können – uns ohne Gewissensbisse und Kalorienfurcht bisweilen von Herzen gütlich tun, schmausen, bewußt uns in die Freuden einer herzhaften, irdischen, leiblichen, gänzlich realen Lust versenken. – Wir brauchen dabei gar nicht einmal uns ganz an das »schlechtere Ich«, an den Leib, zu verlieren. – Schon die alte volkstümliche Redensart: »Etwas Gutes mit Verstand essen« weist darauf hin, daß die Würdigung eines guten Gerichts oft mehr geistige Impulse, Kräfte und Regungen auslöst, als uns die größte Hornbrille mit dem tiefsten Aphorismus vermitteln kann.

Der Bauer, der der Natur heute noch verhältnismäßig am nächsten steht, feiert diese Feste noch nach Brauch und Herkommen. Für ihn ist die Kirchweih der große Tag im Jahr, da er in Freuden schwelgt. – Wir Städter setzen die Kirchweih nicht mehr so sehr als ersten Feiertag ein, aber immerhin steht in bayerischen Landen auch in der Stadt die Gans auf dem Tisch, duften die Küchel in der Schüssel oder brutzelt das »Extraschmankerl« im Rohr. Freilich: für so viele von uns (und gerade für manche mit der »Hornbrille«) braucht es keine Ermunterung zum guten Essen. Sie hätten so schöne natürliche Anlagen dazu, auch den besten Willen, die Feste zu feiern, wie sie fallen, und wären keinem Kirchweihbraten feind, wenn er nur schon da wäre.

Die Epistel und das Bekenntnis zu den Kirchweihfreuden des Lebens gilt nicht so sehr denen, die sie ohnehin sehätzen, sondern sie ist ein Trutzgesang gegen eine gewisse Sorte Ästheten mit Schmachtlocken jeden Kalibers, die von oben herab auf die Köstlichkeit des Lebens und seiner realen Gaben sehen und die (freilich nicht immer ganz ehrlich) ein schlechtes Gedicht über einen guten Gansbraten stellen. Die Allzuätherischen aber, die uns deshalb verachten, seien in aller Form zu Kirchweih auf Kirchweih geladen.

Unsere Losung ist: gute Gedichte und gute Braten, und wenn man schon nicht beides haben kann, dann in Gottesnamen auf eines von beiden verzichten. – Verstehst mi'?

Kleiner Tandlmarkt

Der Uhrhirsch

Dieser Hirsch aus Zinkguß, der gern Bronze wäre, trägt mitten im Leib und mitten im kühnen Sprung eine kleine Uhr. In den neunziger Jahren war dieses Stück Kunstgewerbe einmal ein repräsentativer Schreibtischschmuck. Die Uhr schlug diesem Hirsch und seinem Besitzer wohl manche glückliche Stunde. Ganz sicher gehörte er einmal einem Weidmann, der ihn zu Weihnachten oder zum Geburtstag von seiner Braut oder Gattin erhielt, vielleicht hat ihn der treffsichere Jäger auch bei einem Preisschießen »herausgeschossen«, möglicherweise – aber das wäre leise zu bedauern – war der Besitzer gar kein Weidmann, sondern ein Irgendwer, der den Uhrhirsch (oder die Hirschuhr) im Glückshafen gewonnen hat. Und dann waren keine Erben da, oder die Erben haben den Uhrhirsch – stolz auf ihren Geschmack – der Zugehfrau beim Umzug geschenkt, wie dem auch sei, auf wieviel Wegen der Hirsch beim Tandler gelandet ist – jetzt steht er da in der Bude zwischen einer Büste von Richard Wagner und einem Spiritus-Rechaud und trägt noch immer an seinem Ur- und Grundproblem: ist er eigentlich ein Hirsch oder eigentlich eine Uhr? Diese Spaltung seines Wesens, durch keinen Psychotherapeuten heilbar, hat diese Plastik im Lauf der Zeit auch unmöglich gemacht; denn die harten und strengen Geschmacksrichter unserer Tage wollen entweder eine Uhr oder einen Hirsch. (Hirsche freilich haben, auch losgelöst von Uhren, wenig Gnade vor ihren Augen.) Ich sah einen aus ihrer Gilde beim Anblick des Uhrhirsches blaß werden, und hätte ihm seine Nachbarin nicht das Fläschchen gereicht – wer weiß, ob der Mann nicht ohnmächtig daniedergesunken wäre. So konnte er noch zitternd ein »Entsetzlich« stammeln.

Eine Frau aus dem Volke aber nahm den Uhrhirsch zärtlich in die Hände und sagte der Bewunderung voll: »Naa – so was Reizendes! – Geld wann i hätt – der Hirsch mit dera Uhr müassat mir g'hör'n.« – Und damit hatte sie nachtwandlerisch den Sinn der Väter in diesem Stück Tandlmarkt getroffen: nicht Uhrhirsch oder Hirschuhr. – Sondern Hirsch mit Uhr: Zierde und Zweck.

Dreiviertel-Geige

Sie ruht in einem sparsam mit violettem Plüsch ausgeschlagenen Kästchen. Eine Dreiviertel-Geige, das heißt also, das Instrument eines Kindes, eines Knaben. – Sollte es ein Wunderkind gewesen sein?

Warum nicht? Wunderkinder enden so manchmal auf dem Tandlmarkt. Es spräche nicht dagegen. Aber Wunderkinder spielen eine Amati oder Stradivari, kein Geigelchen, das um 12 Mark 50 zu haben ist. Diese Dreiviertel-Violine hat vielleicht einem Knaben gehört, in dem die strebsamen Eltern musikalische Talente wecken wollten. Und der Knabe hat so manchen Nachmittag, wenn draußen die Sonne im Blau stand, die Freunderln Fußball und Indianer spielten, mit heißem Kopf und mit Bitternis im Herzen vor einem Notenpult gestanden und Tonleitern und Dreiklänge geschabt und als kratziges Dessert: Sum sum sum, Bienchen summ herum ... Und die Nachbarn haben schimpfend die Fenster zugeschlagen, und der Hund ist mit eingekniffenem Schwanz in die Korridor-Ecke geflüchtet. Der Violinlehrer aber – ein stellungsloser Kaffeehausgeiger (einst spielt' er mit Szepter und Krone und Stern ...) – hat in finsterer Qual das Ende der 80-Pfennig-Stunde herbeigewartet und dazu gewissenhaft mit dem Fuß den Takt geklopft: eins, zwei – drei, vier ... Der geigende Knabe hat in den Spielpausen den Haarschopf aus der nassen Stirn gestrichen, in den Augenwinkeln standen Tränen, und auch unterm Naserl war's ein bißchen feucht, und dann schlug die Uhr für Lehrer und Schüler die erlösenden vier Schläge.

So kann's gewesen sein. Aber auch so, daß zu diesem Geigelchen ein Kind mit heißen Wangen und leuchtenden Augen kam und für einen Buben das ganze große Glück eines Lebens aus dem violetten Kasten leuchtete, als er sich zum erstenmal auftat.

Wanda

die schöne Kapitänsbraut von Stralsund, oder Treue bis zum Schafott. – Hier liegen, gebündelt in hundert Lieferungen, die Schicksale Wandas.

Es sind die »Romanheftln« vergangener Tage, als noch kein Film sich um die Wandas annehmen konnte. Drei Handbreit hoch ist der

Stoß. An den Rändern ist das Papier ausgebleicht, vergilbt, grau. Auf dem obersten Titelblatt geht es schon bewegt und stürmisch mitten in die Handlung hinein: »Wagen Sie es nicht, sich mir zu nähern«, rief Wanda dem schurkischen Reeder zu ... Auf dem Blatt hebt eine märchenschöne Frau mit edler Gebärde einen Revolver gegen einen satanisch lächelnden, schwarzvollbärtigen Mann, dessen aggressive Absichten ein umgestürzter Stuhl versinnbildlicht.

Die Sonne hat das Papier gebleicht; denn dieser Roman ist oft auf einem Küchenbalkon liegengeblieben, unter schwelenden Petroleumlampen schwanden die Zeilen vor müden Augen. Könnte man in dem Roman blättern (aber er ist verschnürt), so fände man auf mancher Seite eingetrocknet noch die Tränenspuren empfindsamer Leserinnen. Die »Heftln« wurden zwischen Tür und Angel aus der Kolporteurhand entgegengenommen und an so einem Lieferungstag war dann meist die Suppe versalzen, der Rahmstrudel etwas angesengt, das Fleisch zersotten.

Kam die Hausfrau in die Küche, so verschwand etwas unter einer Anrichte, die Mali, Moni oder Kathi war barsch und mürrisch, hatte rote Augen, und die Hausfrau meinte mitleidig: ... Sie hat halt wieder einen Kummer. Ihr Josef scheint ein rechter Schlawiner zu sein ...

Aber es war nicht Josef, um den die Mali weinte (den Josef hielt sie schon fest am Bandl), sondern es war Egon Sturmfels, der wackere Kapitän, dem der schurkische Reeder den Tod der Geliebten ins weite einsame Weltmeer melden ließ. Fälschlicherweise natürlich.

Diese Heftln haben sich viel herumgetrieben, sie kamen wohl auch manchmal aus der Küche in den Salon, in die Schultasche des höheren Töchterchens mit dem Mozartzopf, in die Hausmeisterwohnung, in den Sonntagnachmittagsfrieden eines alten Mädchens, zuletzt gebündelt von irgendwem auf den Speicher, wo sie mit anderem Kram der Tandler abholte.

»Ob das noch gekauft wird«, fragt man. Der Tandler zieht an seinem Schmurgelpfeifchen: »Mei', des hat ma' heut lang lieg'n! – D'Leut mög'n nimmer les'n! Wissen S' scho' – Kino und 's Radio – da mag sie neambd mehr de Müah macha ... Waar'n schöne Romane, des – sehr spannend ... Aber wer liest heut no' was...!?« Und damit waren Stand und Aussichten der Literatur jenseits von Gut und Böse in schlichter Resignation, aber umfassend dargestellt.

Sanft wie Tauben

Mit Vorurteilen wachsen wir auf und werden unser ganzes Leben lang von ihnen umrankt.

Treu wie Gold! sagen wir und noch dazu im Brustton der Überzeugung, als ob wir nie die Treulosigkeit des Goldes im allgemeinen, die Inflation im besonderen erlebt hätten. Dumm wie Bohnenstroh! Wer kann behaupten, daß Bohnenstroh dümmer als anderes Stroh ist? Warum soll das Stroh der Bohne dümmer sein als von Haber, als etwa Heu? Von lebenden Erscheinungen aus der Welt der Dummheit ganz zu schweigen.

Schön wie die Sünde! Zugegeben: die Sünde hat vor der Tugend einen gewissen Schick voraus. Aber wenn alle Sünden promenieren dürften, wie sie wollten – Muse, verhülle dein Haupt –, es gäb' bald keine Sünder mehr.

Grausam wie ein Tiger! Die neue Tierforschung kennt bis zur Mikrobe, bis zum Bazillus herab viel grausamere Biester als den Tiger, ganz abgesehen von einem Lautsprecher um Mitternacht. Der Tiger soll im Grunde – also wenn er satt ist – ein sehr verträgliches Geschöpf sein, ähnlich wie der Mensch. Wäre der Tiger tausendmal so blutdürstig, aber tausendmal kleiner, niemand würde ein Wesen aus seiner Grausamkeit machen.

Ja, und dann: Sanft wie Tauben! Tier- und Taubenfreunde seien hier im voraus um Verzeihung für alles gebeten. Aber kein Lebewesen sündigt so auf seinen guten Ruf wie diese Vögel.

Sie sind wahre Hochstapler der Sanftheit. Sie sehen, daß sie immer hold schnäbelnd auf den Briefbögerln verliebter Dorfschönen abgebildet sind, sie hören: Maiers leben wie Täubchen zusammen, sie wissen, daß ihre Urahnin den Ölzweig brachte, letzten Endes: Vom Säugling bis zum Greis am Stabe, in jeder besseren Weltstadt füttert der Fremde die Täubchen, und die herzenskälteste Miß, der gewaschenste Börsenspieler, selbst Dichter beiderlei Geschlechts, die doch von Berufs wegen abgebrüht gegen die Romantik des Herzens sind, sie schließen vor Seligkeit die Äuglein, wenn ihnen die sanfte Taube – vorurteilslos – ein Korn vom Munde pickt.

Soll das den Tauben nicht zu Kropf steigen? Sie gehen am Odeonsplatz in München (den die Münchner den oberbayerischen Markusplatz nennen) und am Markusplatz in Venedig (den die Venezianer vielleicht den italienischen Odeonsplatz heißen) geschwollen vor Sanftheit umher, sie laufen sozusagen Propaganda für ihren Ruf als zärtliche, herzliche Vögel. Sie sind im Fremdenverkehr gerissener als der routinierteste Hoteldiener und Zimmervermieter, sie geben ihre Reiseandenken wie Edelweiß und Almrausch auf die Hüte, weil sie sagen: der Betrieb muß es wiederbringen.

Schon am Schnitt der Reisemütze kennen sie den Fremden. Den, der sie großartig mit Mais und Korn bewirtet; und den, der für seine Sinnigkeit (Gelbscheibe – 9 x 12, so drigg doch endlich mol ab, Garoline) nur die Krümel vom Frühstücksbrot übrig hat. Zu diesen Fremden dürfen nur die dienstjüngeren Tauben zärtlich sein. Mais und Korn gehören den Arrivierten. –

Da flog unlängst so eine Taube, schätzungsweise aus Klasse vier (Frühstückskrümel) aus Ehrgeiz, Leichtsinn oder Gefräßigkeit in den Freßrayon der Klasse zehn (Mais und Korn). Die sanfte Taube aus Klasse zehn blähte sich auf, stellte Federn und Flügel, rollte die Augen. Die aus Klasse vier, ein Draufgänger, wollte nicht weichen, da kam ein Kampf in Gang, der schlechthin imposant war. Scharf hackten die Schnäbel nach den Köpfen, wie Dreschflegel schlugen die Flügel auf den Gegner, die Federn flogen, die Krallen rissen in die Brüste. Wer Taubensprache versteht, mußte sich verlegen abwenden, solche Worte gurrten sie sich zu.

Ein ruppiger Münchner Schnauzl stand dabei und sah atem- und sprachlos auf den Kampf. Der mag sich allerhand über die Gerechtigkeit menschlicher Werturteile gedacht haben. –

Ganz am Rand des Platzes hockten zwei Spatzen, ein großer und ein kleiner. Der große Spatz pickte Körner vom Boden und schob sie voll rührender Selbstlosigkeit dem kleinen in den Schnabel. Der versuchte manchmal selbst ein Körndl aufzuheben. Es gelang ihm nicht. Da nahm sich immer wieder die Spatzenmutter (oder sollte es der Papa gewesen sein?) seiner an und steckte ihm das Futter zu.

So haben sich die frechen Spatzen ganz in der Nähe der sanften Tauben benommen. Aber auch der sanfteste Spatz bleibt immer verrufener als die frechste Taube.

Die Verabredung

»Wer lieben will, muß leiden.
Ohne Leiden liebt man nicht.
Sind das nicht süße Leiden,
Wer von der Liebe spricht.«

(Alter Moritaten-Vers)

Betrachten Sie diesen Herrn! – Bisher ein leidlich guter Tänzer! – Jetzt aber irren seine Füße – fern vom Rhythmus, direktionslos und zerstreut in der Landschaft umher; sie sind nicht mehr bei der Sache. Das liebreizende, scharmante Lächeln, das bislang sein Antlitz erhellte, hat angespannter zielstrebiger Geistigkeit Platz gemacht. Seine Stimme dämpft sich zum Flüsterton, und die Bruchstücke, die Sie jetzt mit geschultem Ohr im Vorbeitanzen hören, sind Werbungen um ein Wiedersehn.

Die endgültige Verabredung erfolgt am besten in der Weißwurstpause, da hier ein gewisser moralischer Druck die Partnerin zu einem Stelldichein geneigter macht, wenn nicht verpflichtet.

Aus nein wird »vielleicht« – aus vielleicht ja – aus ja Beteuerung – aus Beteuerung Schwur. »... Aber jetzt muß ich wieder an meinen Tisch, weil Er sonst böse wird ... Also, Dienstag, vier Uhr!!«

Der verabredete Herr ist bis zur Stunde der Verabredung wohlgelaunt. – Ist er um vier Uhr verabredet, so verläßt er um ein Uhr das Haus, schön wie die Welt vor der Erschaffung des Menschen, wohlriechend, gebügelt und mit Ölen und Essenzen gesalbt wie Pharao Ramses I. nach der siegreichen Schlacht bei den Nil-Katarakten. Schlips, Wildlederhandschuhe, Gamaschen. Der Mensch ist gut. – Der Herr ist schön. Was sonst noch an Schmuck und Rüstung an und in ihm ist, können wir mehr ahnen als wissen. Kein Ort, der Schutz gewähren kann, wo seine Büchse zielt ...

Und dennoch hat die harte Brust die Liebe auch gefühlt ... Wie sie wohl bei Tag, in Zivil aussieht? – Ach wie so trügerisch sind Faschingslichter ... Vielleicht haben die weiten Pluderhosen krumme Beine verborgen, die hübsche Halskette ein allerliebstes Kröpfchen

... Und vielleicht wandelt der Tag Seide zu Baumwolle ... Unsinn! Er mit dem Blick und der Erfahrung eines vereideten Frauenkenners irrt sich nicht.

Dienstag – vier Uhr. –

Es ist ein Viertel vor vier. Der Herr ist nicht pünktlich – er ist noch pünktlicher. Er ist schon da. – Verabredete Herren pfeifen »Ramona« und tun so, als ob sie auf die Straßenbahn warten ...

Es schlägt jetzt vier Uhr von allen Türmen, und der letzte Schlag fällt auf den Herrn wie Reif in Frühlingsnacht. Die Uhr schlägt keinem Glücklichen. Jetzt müßte sie da sein. Sie sagte: »... Punkt!« Aber vielleicht sind die Straßenbahnen bei dem Schnee ein bißchen bummelig. Verdammte Schwimmerei das mit der Straßenbahn! – Der Schnee gehört eben in einer Großstadt weggeräumt ... Aber dieses München natürlich ...! Provinz!!

Fünf Minuten nach vier Uhr. – Sie haben gewiß schon einen Löwen im Käfig betrachtet, mein Freund. – Er geht mit nervöser Wendigkeit auf und ab – immer auf und ab, und die Menschen vor dem Gitter haben Mitleid mit ihm und reichen ihm an einem Spazierstock eine Wursthaut in den Käfig. – So geht der Herr im Käfig der Erwartung auf und ab – auf und ab ... Na endlich! ... Da kommt sie ja ... Aber sie ist es nicht.

Wenn ihn jetzt dieser Fatzke da drüben nochmal so unverschämt fixiert, dann geht er hin ...

Der Zeiger rückt...

Des Herrn Augen verzehren jede ankommende Sechser-Straßenbahn. Wer steigt aus? Männer mit Rucksäcken, Gouvernanten mit Kindern, Briefträger, Stadträte, alte Damen – junge Damen, aber nicht »sie«. – Der Herr tritt mit der Fußsohle Ornamente in den Schnee. Zehn nach vier! Fünf Minuten will er noch zugeben. Wenn sie jetzt kommt, so wird er kühl sein, voll kühler Ironie! Er wird sie erziehen ... Wissen Sie nicht, Stella, daß ein Mensch von Kultur – von Bildung, von Stil, pünktlich ist ..., daß dies kleine Mädchen unpünktlich ... Glühende Kohlen wird er auf ihrem Haupte sammeln.

Zwei Straßenbahnen wartet er noch ab. – Zwanzig nach vier! Wenn er jetzt einen Dolch in ihr lügenhaftes Herz bohrte – kein Richter würde ihn verurteilen. Es hat mindestens fünfzehn Grad Kälte. – Nur Frauenzimmer bringen so was fertig ...

Stella! Lächerlich, diese Kathi oder Resi! Was für Namen sich diese Puten zulegen – diese Gänse ... Sicher hat sie krumme Beine! Er denkt an die zwei Paar Weißwürste, an das stille Glück im Winkel ... Allerdings, Weißwürste sind ihrer Konsistenz nach etwas locker – unverbindlich – leicht – rasch verdaut und rasch vergessen ...

Fünf vor halb fünf!

Wenn er sie wiedersehen sollte – mit keiner Wimper wird er zucken ... Ich kann mich nicht erinnern, gnädiges Fräulein – so wird er sagen. Wenn sie wüßte, was für ganz andere Frauen glücklich wären, wenn er ... Schließlich wäre es doch nur ein Herabsteigen ... So denkt der Herr. Er strafft die Brust. Er holt tief Atem. – Er geht. – Noch einmal sieht er sich um. –

Dann schreitet er seines Wegs fürbaß ... Flüchtet – wie ein weidwunder Hirsch ins Dickicht – in die dämmernde Stammkneipe. Da singt der Lautsprecher gerade die schöne Arie aus »Boccaccio«: Hab' ich nur deine Liebe, die Treue brauch' ich nicht ...

»Wissen Sie vielleicht, was der Lautsprecher gekostet hat?« fragt der Herr die Kellnerin ...

Wenn er nämlich nicht allzuviel kostet – o welche Lust wäre es jetzt für ihn, dieses Werkerl zusammenzuschlagen ...

Ein Vogel fährt mit der Trambahn

Die Frau mit dem blauen Schurz und dem Kübel war auf den feinen Herrn mit den weißen Gamaschen nicht gut zu sprechen. Sie rückte sich ostentativ in ihrer Ecke zurecht und schmetterte die Wagentüre zu. Dann schickte sie dem Herrn ein paar finstere Blicke nach, die an den weißen Gamaschen wie mit Widerhaken hängen blieben.

Die Frau sagte grollend: »De Leut san in an Ziaglstadl aufg'wachs'n, de ham koa Tür net dahoam. Oder sie san si' z'guat, daß sie's in d' Hand nemma! Derfst grad schö' an Bortje macha ... Daß si' fei der a Boandl abbricht, wenn er d' Tür in d' Hand nimmt ...

Der feine Herr sah die grollende Anklägerin erstaunt an, ward sich dann seines Vergehens bewußt und verbarg sich hinter einer Zeitung; denn er spürte: mit weißen Gamaschen und einem Uhrarmband am Gelenk ist man in einer schwachen Position, wenn die Stimme des Volkes spricht.

Vielleicht hätte die Frau mit dem Kübel noch einiges Scharfe und Bemerkenswerte über Tür auf und Tür zu geäußert, sie war ihren Blicken nach anscheinend auch nicht abgeneigt, Erscheinung und Charakter des Gegners einer kritischen Begutachtung zu unterziehen. Aber da nahm die Aufmerksamkeit der Wagengäste ein kleiner Disput zwischen dem Schaffner und einem alten Frauerl ganz in Anspruch. Nämlich: ob ein Vogel mit der Trambahn fahren darf.

Nach Gesetz und Bestimmung eigentlich nicht. Der Schaffner sagte: »Wo kummat'n mir denn hi', wenn jeder mit sein' Vogel o'ruckat. Mir san doch koa' Vogelhäusl net.« Man hätte ja gar nichts gemerkt; denn der kleine Käfig auf dem Schoß der Frau war in Tücher eingeschlagen und konnte ebenso eine Eierkiste sein oder ein Seifenpaket. Und der Vogel war auch bis zur vorletzten Haltestelle musterhaft ruhig gewesen. Dann durch ein plötzliches ruckhaftes Anfahren erschreckt, hat der kleine Kerl in seiner Angst zwei Piepser getan, gerade laut genug, daß sie von der Umgebung und auch vom Schaffner gehört wurden.

Die Frau sah mit verlegenem, schuldbewußtem und schon leise bittendem Gesicht zur bemützten Macht empor. Sie sagte: »Krank is er! Schaug'n S' 'n nur o!« Und hob vorsichtig das Tuch vom Käfig hoch. – Da hockte der Kleine wie ein Federknäuel in der Ecke. Schnell und gejagt ging das Brüstchen auf und ab, und die angeschwollenen Füße versuchten in matter, schwerfälliger Flucht einen kleinen Hupfer.

Also der Schaffner: »Wo kummat'n mir denn hi' ...« Aber er sagte es schon voll Nachgiebigkeit, sozusagen nur zur Wahrung des Dienstgesichtes. Die Straßenbahn war gegen die Endhaltestelle zu nicht allzusehr besetzt, der Kontrolleur nicht zu erwarten. Außerdem: vielleicht ist es gar nicht so sehr gegen die Verkehrsordnung, einen kleinen Kanari mitfahren zu lassen, auch wenn er keinen Maulkorb hat. Gegen die Endhaltestelle zu wird der Schaffner immer ein bißchen Mensch zu Mensch, lockert den strengen Beamtenpanzer.

Er neigt sich zu dem Käfig und sagt: »Wo fehlt's eahm denn? Wissen S', i hob aa oan dahoam. Ham mir voriges Jahr vui G'frett g'habt. Bad'n S' eahm doch d'Fußerln mit Kamill'n!

Die Frau: »Alles hab' i scho probiert; aber er werd von Tag zu Tag weniger. Gel', Hansl, du kloaner Scheißer! Jetzt fahr i zu oan, den wo ma d'Nachbarin verrat'n hat. Der soi d'Vögel so guat wieder z'sammricht'n. A alter Musiker is'; an Vogldoktor hoaßn s' 'n.«

Die Frau mit dem Kübel gegenüber beugt sich vor, schaut um den Schaffner herum und sagt: »Ja, den kenn i, da genga S' nur mit mir, des is der alt' Morasch; der wohnt zwoa Häuser weit von uns. Den hab i scho vui lob'n hörn ... A so a netts Vögerl und ganz derdattert is er. Aber der Morasch bringt'n durch, wern S' sehng!«

»Fress'n wui er halt gar nimmer und a so trüabe Aug'n hat er.«

Der feine Herr in der Ecke hat seine Zeitung zusammengefaltet und rückt näher. Er fragt, wie alt der Vogel ist. Er hat einen Papagei daheim. Ob nicht vielleicht feines Öl gut ist. Die Frau mit dem Kübel schickt wieder einen Blick zu dem Herrn. Diesmal ist der Blick frei von Schärfe und Bitterkeit. Sie sagt: »Da kann der Herr scho' recht ham mit'n Öl.«

Der Schaffner: »Und nur koa' Zugluft net. Mit Leinwand soll ma' an Bod'n ausleg'n. Des is kühl und net so hart wia Blech. A so a Vieh ko' oan derbarma. Schaug'n tut's wia a Mensch.«

Ein kleiner Bub sagt zu seiner Mutter: »Mami, schau, da ist ein Vogerl.« Die Mutter: »Ja, der ist krank, Heini, guck' nur, wie er im Eckerl sitzt.« Der Bub: »Der weint aber gar net.« Und dann die Frage, ob Vögerl weinen, wenn ihnen was weh tut. Die Mutter lächelt und streicht dem Kleinen über den Schopf: »Man sieht's halt nicht, Heini.«

Ein Mann mit braunen, rußigen Händen und einer Monteurmütze angelt in der Hosentasche und bringt ein Zuckerstückl zum Vorschein. Das steckt er mit seinen harten Fingern vorsichtig zwischen die Stäbe und pfeift ein paarmal, so sanft es geht.

Die alte Frau deckt ihren Hansl wieder zu. Man merkt, die Teilnahme ringsum hat sie zuversichtlich gemacht. »Gang mir vui ab, wenn er hi werat«, sagt sie.

An der Endstation verläßt alles den Wagen. Der Schaffner hilft der Frau beim Aussteigen und reicht ihr den Käfig hinaus. »Also probier'n Sie 's amal mit Kamill'ntee.« Der Monteur sagt: »Kanari san zaach, de lass'n net so bald aus.« Der kleine Bub: »... aber gel, Mami, wenn des Vogerl wieder g'sund is, dann weint's nimmer ...« Der eine Herr gibt der Frau mit dem Käfig ein Zettelchen, da steht das Öl draufgeschrieben. Und er lupft höflich den Hut. Die Frau mit dem Kübel und die Frau mit dem Käfig gehen nebeneinander in der Richtung zum alten Morasch, dem Vogeldoktor. Und die Frau mit dem Kübel sieht sich nochmal nach den weißen Gamaschen um.

»Des muaß was Bessers sei«, sagt sie nicht ohne Anerkennung. »Des hab i' scho' oft g'hört, daß a Öl so guat sei soll. G'schdudierte Leut wissen allerhand. – Sehng S', des Haus mit dem Gartl, da wohnt der Morasch.«

Die Trambahn bimmelt wieder der Stadt zu, und der Schaffner hat sein ernstes verschlossenes Stadteinwärts-Gesicht, mit einem scharfen Auge für jede Verletzung der Verkehrsordnung.

»Waldeszauber«

Die Geschichte eines Frühlingsfestes

Kennen Sie den Verein zum »Verrückten Krawattl«? – Nicht?! Ich hab' mir's gleich gedacht; denn das »Verrückte Krawattl« ist einer der exklusivsten Klubs unserer Residenzstadt, so exklusiv, daß er sich nicht einmal im Adreßbuch in Gesellschaft anderer begibt. Und da sind Sie natürlich gespannt, von so einem exklusiven Klub Indiskretionen zu erfahren. –

Ich habe sie aus authentischer Quelle, von der Putzerin des Vereinslokals, die mir nachstehende Geschichte unter dem Siegel der Verschwiegenheit mitteilte:

Der Hausmeister Huber, der Vorstand des »Verrückten Krawattls«, hatte sich lange gesträubt dagegen, aber schließlich war der Kunst- und Dekorationsmaler Sebastian Michael Schieferl durch Stimmenmehrheit in die Reihen der Mitglieder aufgenommen worden.

»Laßt's mi aus mit dö Schenie«, hatte damals der Vorstand seine Bundesbrüder ausdrücklich gewarnt. »Dö fress'n dös mehra und zahl'n nix! Mir braucha koa Schenie als Mitglied!«

Aber die Mehrheit im »Verrückten Krawattl« kaprizierte sich gerade auf ein »Schenie« in ihren Reihen, und der Schriftführer Gstaltmaier betonte mit Nachdruck und einer Ehrenverletzung der Vorstandschaft, daß Sebastian Michael Schieferl ein Schenie sei und das »Verrückte Krawattl« der einzig würdige Rahmen dafür. – So wurde das Schenie Schieferl Mitglied.

Und blieb es bis zum Lenzbeginn, zu welcher Zeit das »Verrückte Krawattl« sein Frühlingsfest feiern wollte. Ich weiß nicht, ob Sie die Prinzipien des »Verrückten Krawattls« kennen. Eines davon heißt: Mir lass'n uns net oschaugn. Bei uns is net so, wia bei de arma Leut, wo's Klavier im Keller steht!

Und nach diesem Prinzip ging man daran, würdige Vorbereitungen für das Fest, es sollte ein Kostümfest sein, zu treffen.

Und da war man nun froh um die Mitgliedschaft des Schenies. Sebastian Michael Schieferl hatte aber auch fabelhafte Ideen und

Gedanken, die noch das Gute an sich hatten, daß sie nicht besonders teuer waren. Das Vereinslokal im »Grünen Affen« sollte mit Hilfe des Schenies und zweier Schenkkellner in einen fabelhaft prächtigen Wald umgewandelt werden. Auch die Kostüme bestimmte Schieferl: das Vorstandstöchterlein eine Feenkönigin, der Herr Huber ein Maronibrater, der Schriftführer Gstaltmaier ein Ritter, und Schieferl selbst hatte sich eine besonders originelle Maske gewählt, ein Haderlump.

Die übrigen Mitglieder und ihre Damen konnten sich die Kostüme selbst wählen; Grundidee: »Waldeszauber«. Der Kassier waltete mit Feuereifer seines Amtes, und jedes Mitglied zahlte begeistert seinen Obolus, nur Sebastian Michael gab dafür sein Schenie. – »Dös kann i mir net wechseln lass'n«, sagte verstimmt der Kassier zum Schriftführer. Dafür aber entfaltete der Kunst- und Dekorationsmaler eine fieberhafte Tätigkeit zur würdigen Ausgestaltung des Festes. Er legte dem Ausschuß täglich neue Kostümskizzen und Dekorationsentwürfe vor, saß den ganzen Tag und die halbe Nacht im »Grünen Affen« und ließ das, was er zur Notdurft des Leibes und der Kehle bedurfte, wacker auf das Konto des »Verrückten Krawattls« ankreiden.

Und es war nicht wenig, wenn man seine fieberhafte Tätigkeit bedenkt.

Und als alle Beiträge gesammelt waren, übergab der Kassier sie feierlich dem Schenie, und der Vorstand Huber nahm als vorsichtiger Mann ein Protokoll darüber auf. Und nun sollte Sebastian Michael Schieferl Einkäufe machen für die Ausgestaltung des »Waldzaubers«. Noch am selben Abend brachte er zwei Papiergirlanden und vier Lampions »zur vorläufigen Ansicht«.

»Morg'n«, sagte er, »kimmt dös ander Zeug, dö Kostüm und de Dekorationa, i hab no hübsch was d'raufzahlt bei dera G'schicht«, setzte er bescheiden hinzu.

Zu später Stunde wandte sich Schieferl vertraulich an seinen Freund Gstaltmaier. »Woaßt, es langt halt do net ganz. Wia waars, wennst Du no fünf Markl drauflegast! Alles alloa kann i do net bestreit'n.«

Gstaltmaier ließ sich erweichen. Und das Schenie zauberte ihm dafür auf dem Heimweg einen Waldeszauber vor, der seinesgleichen sucht. Es waren noch drei Tage bis zum Fest. Das »Verrückte Krawattl« hatte sich am Abend zu einer außerordentlichen Sitzung versammelt.

»Wo nur da Schieferl bleibt«, sagte besorgt das Präsidium. »Er hat do g'sagt, er laßt heut dös ganze Zeug mit an Wag'n herfahr'n!«

»No so wart halt a biss'l«, sagte Gstaltmaier, »wo der Mensch so viel Arbat mit uns hat, und wo er sei ganz Schenie für uns aufwend't. Er werd scho kumma.«

Der Wirt, der eben die Krüge brachte, mischte sich in das Gespräch: »Da Herr Schieferl! – Ja so, er hat heut nachmittag im Vorbeigeh' g'sagt, dö Herr'n möcht'n entschuidig'n, er waar net recht guat beinand. An Schnaps hat er si geb'n lass'n auf Rechnung vom ›Verrückten Krawattl‹;!« »Ah – so!« meinte der Vorstand Huber und wechselte mit dem Kassier einen vielsagenden Blick. Dann erhob er sich und klopfte auf den Krugdeckel. »Meine Herrn! I woaß net, ob an Schenie grad ausg'macht heut schlecht wern muaß, aber i sag nur dös oane: wia waar's, wenn mir beim Schieferl nachschaugat'n, wias eahm geht.«

Man nahm den Vorschlag an. Eine Kommission wurde gebildet, aus dem Herrn Vorstand, dem Schriftführer und dem Kassier bestehend.

Auf dem Weg zur Schieferischen Behausung äußerte Huber unverhohlen allerhand Meinungen, die auf den Charakter genial veranlagter Menschen keineswegs ein günstiges Licht werfen.

Mit bangen Ahnungen stiegen alle drei die Treppe empor. An einer Türklinke hing ein halbzerrissener Lampion. Da machten sie halt. Gstaltmaier klingelte mit zitternder Hand. – Vergebens! Da pochte die Vorstandschaft mit nerviger Faust an die Tür. Schlürfende Schritte wurden hörbar, eine keifende Altweiberstimme kam näher, dann wurde eine Sperrkette eingehängt und die Tür eine Handbreit geöffnet.

Wie's dem Herrn Schieferl gehe? Man sei die Vorstandschaft vom »Verrückten Krawattl«.

Da erhob sich die Stimme hinter der Tür zu den höchsten Höhen: »Was! Derblecka möcht's mi aa no mit dem Bazi, dem ganz ausg'schaamt'n. Aber an Polizeihund hams eahm schö nachg'schickt! Dös siecht euch gleich: Durchbrenna und mitnemma, was net niatund naglfest is! Da, dös hat mir euer sauberer Spezi für'n Zins da lass'n!« – Und ein von Europens Sauberkeit wenig übertünchter Hemdkragen flog vor die Füße der Abgesandten. Dann schlug krachend die Türe ins Schloß.

Die Delegierten vom »Verrückten Krawattl« griffen sich an ihre p. p. Denkerstirnen. Sie standen sprach- und verständnislos vor dem Nachlaß Sebastian Michael Schieferls. Der Vorstand Huber war der erste, der sich von den allzu plötzlichen Eindrücken erholte. Und er ventilierte sein Herz nach allen Richtungen.

»I hab's ja glei g'sagt, da habt's es jetzt mit euerm Schenie! Derwisch'n wenn i 'n tua« – Huber machte illustrierende Bewegungen mit Handschuhnummer elf –, »derwisch'n wenn i 'n halt tua!«

»Und unsern Waldeszauber könna ma uns an Kamin naufhänga, daß er net ruaßi werd«, sagte resigniert der Kassier. Der Schriftführer Gstaltmaier aber rieb sich noch immer den mutmaßlichen Sitz des Verstandes und sagte ein ums andere Mal in rührender Selbsterkenntnis: »Na, bin i a Rindviech, na bin i a Rindviech!« Dann stiegen sie wieder zu Tal und verkündeten ihren Bundesbrüdern die traurige Mär.

Im Protokollbuch des »Verrückten Krawattls« aber stand als Eintrag für 1911 zu lesen, daß für heuer von einem Frühlingsfest Abstand genommen wurde wegen Trauerfalls. –

Aber die Putzfrau Maier hat die Geschichte aus authentischer Quelle und verriet mir gestern unter dem Siegel der Verschwiegenheit, daß das »Verrückte Krawattl« neuerdings eine geheime Sitzung veranstaltet habe; Tagesordnung: Wie kann der Nachlaß des p. p. Schieferl zu einem Frühlingsfest verwertet werden? –

Aber die ehemalige Hausfrau will nun nachträglich mit der Herausgabe des Hemdkragens Schwierigkeiten machen ...

Vom Wetterglas

Wie das Münchner Wetter gemacht wird? Mein Freund Fritz, der Meteorologe, ließ mich einmal einen Blick in sein großes Wetter-Kochbuch tun, das sonst auf den Wetterwarten unter strengstem Verschluß liegt. Da las ich: Man nehme zwei Pfund isländische Depression und verrühre sie gut mit einem Eßlöffel mitteleuropäischem Maximum. Dazu gebe man ein paar Messerspitzen schirokkale Luftmassen und lasse das Ganze in einer Kältewelle leicht anbraten. Dazu mache man eine pikante Soße aus kleinen Druckstörungen und westlichem Minimum und übergieße das noch nicht erkaltete Wetter mit zwei Schöpflöffeln Nordost.

Dies Gericht wird, mit Formaminttabletten und Kamillentee garniert, als Münchner Spezialität ge- und benossen. – In jedem besseren Haushalt findet sich zur Erkundung dieses Wetters ein sogenanntes Wetterglas oder Barometer. Dieses ist in einem dunkelpolierten, mit geschnitzten Renaissance-Säulen und Akanthusblättern verzierten Holzkasten angebracht, auf dessen Haupt ein ebensolcher Adler dreimal Kuckuck schreit, wenn es zwölf Uhr ist. Meine Tante Pepi hatte ein Wetterglas, das war in einen roten Plüschbehälter eingebettet, und damit die Glasröhre nicht staubig wurde, hatte sie ein hübsches Häkeldeckchen darübergezogen. Wieder andere haben um das Instrument der Wissenschaft ein kleines Schweizerhäuschen gebaut. Mein Freund Max hat ein Wetterglas, das kann man als Briefbeschwerer, Zigarrenabschneider und Blumenvase verwenden. Es ist ein Hochzeitsgeschenk. – Trotzdem gibt es immer wieder Leute, die heiraten. –

Das Wetterglas ist fast immer ein reizender Zimmerschmuck, der das Abstauben lohnt.

Es besteht aus einer Glasröhre, die meistens irgendwo zersprungen, in manchen Fällen aber auch luftdicht abgeschlossen ist.

Unten an der Glasröhre befindet sich eine mit Quecksilber gefüllte Kugel. Sollte das Quecksilber ausgeronnen sein, so genügt auch ein kleines Kügelchen aus Watte oder Blei. Zu beiden Seiten ist eine sogenannte Skala angebracht, auf der man seine Körpergröße bis zum schulpflichtigen Alter abmessen kann. Man nennt diese Einteilung Wärmegrade. Die besten Barometer sind jene, welche immer den Normalluftdruck anzeigen. Dies die Beschreibung. Über die Wirkungsweise ist folgendes zu sagen: Wer eine Ski-Tour unternehmen will, klopfe schon einige Tage vorher mit dem Finger an das Glasröhrchen. Steigt dann das Quecksilber oder die Wattekugel darin empor, so ist das ein Fingerzeig, daß das Wetter gut wird. Reagiert das Barometer auf Fingerklopfen nicht, so nehme man dazu den Handrücken; sollte auch hier nichts erfolgen, so schlage man mit dem Küchenbeil (aber nicht mit der Schneide!) so lange dagegen, bis man eine Veränderung bemerkt.

Manche empfindlichen Instrumente müssen von Zeit zu Zeit geölt und mit einem Wischstrick gereinigt werden.

Was mein eigenes Instrument betrifft, so habe ich es vor Jahren auf der Auer Dult erworben. Es stammt noch aus der Zeit der Erfindung des Luftdrucks und hat mir noch immer über jedes Wetter hinweggeholfen. Es zeigt immer auf »schön«. Im Winter hängt es, da es gegen Zugluft empfindlich ist, neben dem Ofen. Vielleicht ist dies schuld, daß die Glasröhre krumm geworden ist. An wärmeren Tagen hänge ich das Wetterglas an die frische Luft, damit es auch was hat vom Leben; doch wird es da durch Sperlinge und andere Insekten nicht selten beschmutzt. Wenn am Sonntag die Nachbarkinder zu mir zu Besuch kommen, kriegen sie das Barometer zum Spielen, damit sie nicht zu laut werden. – Barometer sind Präzisionsinstrumente.

»Sie macht sich nix aus der Wies'n«

I' sag's wia 's is, Frau Zirngibi, aus dera Wies'n mach' i' mir gar nix. Des is wos für die junga Leut' und überhaupts! Gibst an Haufa Geld aus, und mei Alter, der Alisi, hat nachher an Mordstrumm Schiaber, daß er d' Welt nimmer kennt. Jetzt wenn i' 'nausgang, na gehat i' nur zweng an Henndl naus. Wissen S', so a' Wiesenhenndl gibts halt doch wo anders net so und schmeckt aa net so! Des ham mir uns allweil selber 'rausg'suacht, mei Alisi und i'. Denn da san' ma doch sachverständig. Für a' Wiesenhenndl, da gib i' ja de halbe Seligkeit her! Kann scho' sei', daß mi' weg'n so an Henndl a'mal nausreißt, wenn mi' grad der Zuafall in de Gegend führt. Und vielleicht an Steckerlfisch dazua. Den iß i' aa fürs Leb'n gern. Des kann ma halt dahoam net herstell'n, weil ma' net ei'gricht is dafür. No ja und a' Fisch, der muaß schwimma! Na sag i' aa net naa', wenn mir a' G'lusta auf a' Wiesenmaß kummt.

Aber sunst gibt mir koa' Bude was ab. Höchstens daß i' a'mal weg'n der Gaudi mit der Achterbahn fahr! Mei', was ham' mir vorigs Jahr g'schrian, wia's so abi ganga is, aber es war doch a' rechte Hetz. Vielleicht daß i' mi' heuer doch wieder 'nauftrau'. Und zur Hellseherin geh i' aa nei', wenn oane drauß is. So wahr i' dasteh, Frau Zirngibi: Wia i' 's letztemal drin war, da hat's bei a'ran Herrn bis auf 'n Pfennig genau darat'n, was er im Geldbeutel g'habt hat. Sag'n S' was mög'n, es gibt halt doch so Sach'n, wo Geister im Spiel san. Und in derselben Bude hat si a' Herr ganz lange Messer in Bauch nei' g'stocha! I' hätt' koan Tropfa Bluat mehr geb'n vor Aufregung, so spannend war des. Wissen S', so was is scho' a' Zwanzgerl wert. De tätowierte Dame is aa' net unint'ressant. Was dera alles 'neibrennt ham! Und wo s' überall ihre Wapperl draufg'lebt hat. Naa – Frau Zirngibi! Da zeigat i' nix mehr her! Sie kann ja nix dafür. Als a' ganz kloans Madl' ham s' d' Indianer geraubt und ham ihr nach und nach de ganz'n Buidln 'neitätowiert. Des is a' Schmerz für d' Eltern, wenn ma a' Kind a' so verliern muaß! So Liliputaner schaug i' aa' gern o' und Riesendamen. Da is ja unseroans a' Krischperl dageg'n. Da geht ma' wieder ganz z'fried'n raus. Sonst liegt mir gar nix an dem ganz'n Oktoberfest dro! Daß i' mir vielleicht no' a' Kokosnuß kaaf, des kann sei'. I' selber gang ja überhaupts net naus, aber mir kriag'n ja Besuach von drauß' rei. Unser Bas'n aus Hachtlfing. Des hat ma' halt allweil von der Sommerfrisch, daß ma' na' de Leut zum Oktoberfest 'reikriagt. Na muaß ma' doch anstandshalber a' zwoa-, drei-, viermal mit auf d' Wies'n nausgeh. O'schaug'n kann ma' si' na' aa net lass'n, na' schaugt ma' halt alles o, was zum Sehng gibt. Ma' ko' na' aa' net so sei. Aber wenn 's nach mir gang, i' reiß mi' gar net um d' Wies'n! Heut nachmittags geht's o! Da wer i' halt do mit mein Alisi 'nausschaug'n – interessehalber.

Ein Wintermantel wird gekauft

Frau Scheggl: »Zeit waar's ja scho, daß d' dir amol wieder an neuen Mantel zualegast. Kimmst daher wie a Schlawiner. D' Fransn hänga dir vo de Ärmel weg, und an Kragn wenn ma aussiadat, des gaab a Pfund Fettn wia nix. Muaß ma sie direkt schaama, wenn ma nebn dir dahergeht.

Wos? – Es gibt nix Solides mehr seitn Kriag?! – Weilst halt du nix mehr Gscheids siehgst bei deine Tarockspezln. De ham freili koa Gfui für a Gwand. – A so rumlaffa! Wias di nur net schaamst!«

Scheggl: »... Gehn ma halt nachher ...!«

*

Im Geschäft: »An Wintermantel für den Herrn kriagatn mir. Scho was Bessers, was Guats. Ham S' vielleicht a bißl an dunkln, so a bißl an Salz- und Pfeffermantel. Mei Schwager hat aa mal bei Eahna oan kaaft – war recht z'friedn damit! Wissen S', so a bißl was in Salz und Pfeffer war's. Das schmutzt net so leicht, des tragt si guat, des macht oan aa jugendlich, net ...«

Scheggl, Idealfigur eines »kurpulenteren Herrn« aus Katalog B5 hat geduldig wie ein braves Kind dreißig Mäntel anprobiert. – Der Verkäufer, höflicher junger Mann, klettert wie ein schwindelfreier Gemsbock in Regalen und Etagen herum und schleppt immer wieder herbei. Scheggl kennt dies seit seiner Kinderzeit. Viel lieber ging er zum Zahnarzt oder zu einer Blinddarmoperation. Der höfliche junge Mann und die kritisch prüfende Frau ziehen Scheggl an und aus, an und aus, und zupfen an ihm herum wie an einer Himbeerstaude. Was die Frau vorne hochzieht, zieht der junge Mann hinten wieder hinunter.

Scheggl steht wie der unglückliche Hiob vor dem Spiegel. Er geniert sich.

»Sag halt du aa was! Du redst nix, du deut'st nix! – Wos moanst denn?«

Scheggl hätte sich ja gleich für den ersten Mantel entschieden. Der junge Mann hat auch gesagt: »Prima!« – Aber die Frau!

»Ja wissen S', Herr, de Farbn stehn halt mein Mann net bsonders. Und zum Straplizieren sollt's halt aa sei! Wenn S' halt so was Salz- und Pfeffrigs hättn! Ham S' so was net?«

Der junge Mann preist den letzten Mantel an wie eine Geliebte – aber Frau Scheggl kann sich nicht entschließen. Der junge Mann klettert wieder eine Leiter empor, um in einem Mantelkamin zu verschwinden. Er bringt etwas in Salz und Pfeffer.

»Den nemma ma!« sagt Herr Scheggl.

»Ja scho – aber de Qualität vom Schwager is er halt doch net, des war so a ganz kloa karierter. Scho Salz und Pfeffer, Herr – aber in der Hauptsach doch mit so kloane Karo! – Wenn S' vielleicht oan mit so kloane Karo hättn …!« Der junge Mann pflückt den Karo-Mantel wie ein Edelweiß von der höchsten Zinne.

»Ja, des ist so was in Karo! Aber z'hell! Vui z'hell halt. – Den hast in vierzehn Tag versaut! Wenn S' vielleicht a bißl an dunklern hättn, aa so Karo!«

Ein bißl ein dunkler Mantel schlägt um Scheggls Lenden. »Scho eher! Gang scho eher! Aber de Gurtn, de schaugn halt so gigerlhaft aus. Ohne Gurtn ham S' koan? – So oan, mit Karo? Da ham S' uns vorher oan zoagt, da unter de Mäntel liegt er drin, der waar vielleicht doch … A Seidnfuatter! Des ist halt was diffisils! Des hat Läus, wenn ma da net aufpaßt! – Vielleicht zeign S' uns doch no amal den erschtn. – Der hat a bißl was in Salz und Pfeffer ghabt. – Sag halt was! Sag halt du aa was! Stehst allweil da und sagst net Gick und net Gack!«

Scheggl, ein Verschmachtender, jappst sein Ja. Er ist selig, daß es so weit ist. Auch der junge Mann ist selig. Er preist den erwählten Mantel mit einem hohen Lied und legt ihn zusammen. Frau Scheggl steht wie eine Wetterwolke am Horizont der Aktion. Die drei machen sich auf den Weg zur Packstelle.

»Daß dir jetzt so was gfallt! – So was is doch net de Qualität vom Schwager.« Sie kriegt den jungen Mann nochmal zu fassen. »Sie, Herr, wenn S' halt doch so freundli wär'n, i hab mir's jetzt wieder überlegt: Der oane mit dem Gurt waar halt doch a recht solids Tuach. Vielleicht könntn mei Mann doch no amal oziahng. – Solid ist er scho! Aber der Gurt! Des ist halt was für junge Leut! Der Gurt wann net waar ... Moanst net, Xaver, daß der mit de Karo do besser waar, oder der blaue, – aber der is halt a bißl kurz ... Wissen S', Herr, mir überlegn's uns jetzt no amal, mir komma na morgn vormittag mit'n Schwager, damit S' den sein Salz- und Pfeffermantel sehng – entschuldigen S' halt vielmals ...«

Scheggl (draußen): »Daß ma aber aa gar nix gfundn ham!«

Sie (ärgerlich): »Gfundn ham! Gfundn ham!! – Weilst di halt du nia für was entscheiden kannst!« –

Bei einem Wirte wundermild

Das gute Wirtshäusl. Es liegt nicht so ganz an der Straße, hat keinen klingenden Namen und keinen Stern im Baedeker. – Der große Strom der Reisenden und Touristen geht dran vorbei, aber von Mund zu Mund geht sein Lob, und die bewährten Kenner von Küche und Keller teilen nur guten Freunden quasi als Geschenk die Existenz dieses Wirtshäusl's mit. – Sie, da wern S' spitzen: solche Forelln ham S' noch nie g'essen! – Oder: lassen Sie sich da einmal von der Wirtin eine Gulasch machen ...! Diese Wirtin! Wissen S', die war jahrzehntelang Köchin bei einem österreichischen Grafen. – Sie wer'n mir dankbar sein...

Da steht es, das nette Einkehrhaus, überdacht von alten Nußbäumen, unter denen das helle oberbayerische Mauerwerk so freundlich lacht. Alles blitzblank. Am Tisch an der Tür sitzen etliche Bauern aus der Nachbarschaft. Der Wirt erhebt sich aus ihrer Mitte, grüßt und hat ohne schmalzige Biederkeit ein freundliches Wort über woher und wohin, die Wirtin tritt unter die Tür und lacht uns an, und ein nettes Dirndl nimmt gleich Mantel, Stock und Rucksack und ist beflissen um unser Wohl. Wir sind vom ersten Augenblick an daheim. – Speisenkarte gibt's keine. Die junge Kellnerin zählt uns drei, vier Gerichte auf. – »Forelln? Forelln, ja, de könna's scho' ham!« Der Wirt will gleich zum Bachhuber hinüber, die haben heut' welche gefangen. – »Wenn's a kloans bisserl warten wollen.« Die Wirtin ist an unseren Tisch gekommen, im blühweißen Schurz. – Sie fragt, ob wir nicht einen Extrawunsch haben. »Wissen S', mir san halt kloa' bei'nand mit der Auswahl, weil ma halt do' net woaß, wieviel Leut kumma, aber i' richt' Eahna gern was anders, wenn S' des net mög'n, was da is. Vielleicht an Schmarrn, oder a kloans Bifsteckerl oder vielleicht fürs Fräulein Pfannkuchaschnittl in d' Suppn ...«

Und dann kommt der Wirt und zeigt uns im Faßl die Forellen, und nach kleiner Weile tischt uns die Wirtin auf blankem Tischtuch ein köstliches Mahl auf, ein Herrenessen, dessen sich eine Fürstenküche nicht schämen brauchte. Die kleine, saubere Kellnerin kredenzt einen prachtvollen, würzigen, roten Schoppen mit einem lustigen Wort hin und her, und als wir uns nach dem Essen den

Tabak anzünden, da sagt der Wirt: »Wenn S' vielleicht a bißl rast'n woll'n: ins Grasgartl hinter hab' i' zwoa Liegestuhl g'stellt. Da ham' Sie 's schön kühl und schö' stad ...«

Ein Gastgeb' wie er im Buche steht. – Die Rechnung, die er stellt, ist recht. – Wir haben um unser Geld gut und reichlich getafelt und eine Menge Freundlichkeit noch obendrein.

»Wenn S' fei' an Kaffee woll'n, sag'n Sie 's nur! I' mach scho' oan«, sagt die Wirtin, als wir ihr nicht wegen der zwei Tassen eine neue Kocherei zumuten wollen. »Naa – wos glaub'n S' denn, weg'n dem bißl Arbat! – Gern, wenn's Eahna g'fallt bei uns.« – Gesegnet bis zum Wipfel ...!

Das schlechte Restaurant. Es steht an der Straße und hat sozusagen einen »Namen«. Ehdem ein freundliches Landgasthaus. Nun ist es ein »Restaurant«, und der Besitzer hat es auf »Saison« hergerichtet. – Der Herr Restaurateur geht an uns müden Wanderern vorbei und schenkt uns gnädig einen schiefen Blick und die Andeutung eines herablassenden Kopfnickens. Ein Fräulein auf hohen Stöckelschuhen stelzt im Kies herum und nimmt mit indigniertem Gesicht – Nase hoch über den lästigen Gästen – Bestellungen entgegen. –

Wer eine Suppe bestellt hat, bekommt eine Limonade, wer Kalbsbraten wollte, sieht ein Ripperl vor sich ...

Fräulein hat für unsern flehenden Appell, uns die Speisenkarte zu bringen, keine Wimper übrig. Wir sind Luft für Fräulein. Endlich nach wiederholtem Anruf sagt Fräulein empört über die Schulter: »Ich serviere hier nicht!« – Das andere Fräulein läßt sich lange nicht blicken. Es hat in der Küche einen langen Streit mit der Köchin um eine Portion Kartoffelsalat.

Als es endlich erscheint und wir hoffnungsfroh: »Fräulein!« rufen, da ruft sie: »Gleich!« – Und entschwindet wieder ins Haus. Nach halbstündigem Warten bringt uns Fräulein II die Karte. – Als wir gewählt haben, sagt Fräulein II nicht ohne leisen Hohn: »Entschuldigen Sie, ist gestrichen.« – Von den zwanzig Gerichten ist bis auf Brustbraten und Nierenbraten mit grünem Salat alles gestrichen. – Also gut: Brustbraten! – Nach einer weiteren Viertelstunde: »Bedaure, Brustbraten ist eben weg. – Vielleicht wollen die Herrschaften Nierenbraten?« – »Nein, nicht Nierenbraten! Sagen Sie, könnten wir nicht Omelette haben?«

Fräulein II nimmt die Speisekarte. Sie konstatiert, daß Omelett nicht darauf steht.

Ob man nicht in der Küche ...

»Bedaure, die Küche kann außerhalb der Speisekarte ...« Also, in Gottesnamen: Nierenbraten mit Kopfsalat.

Wir kriegen endlich Nierenbraten, aber nicht mit grünem, sondern mit Kartoffelsalat.

Fräulein II, verschnupft: »Die Herrschaften haben doch Kartoffelsalat bestellt.«

»Den Teufel haben wir bestellt ... Aber seit einer halben Stunde warten wir vergeblich auf unser Glas Bier.«

Fräulein II entschwebt ohne Worte. Nach zehn Minuten bringt uns ein kleiner, hemdärmliger Küchenjunge ein Glas schales Bier.

Fräulein ist wieder da. Ob wir wohl Kaffee haben können?

»Bedaure, vor drei Uhr wird Kaffee nicht gereicht.« –

Fräulein entschwebt.

Wir wollen das gastliche Restaurant verlassen.

»Fräulein, bitte zahlen!«

»Sofort«, ruft Fräulein und entschwindet ins Haus.

Der Wirt läßt sich wieder am Horizont erblicken. Diesmal spendet er uns seine Kehrseite und wendet sein Interesse vorbeifahrenden Autos zu.

Endlich läßt sich Fräulein II herab und nimmt unsere Zeche entgegen. Sie rechnet mit abgewendetem Gesicht, jede Miene sagt uns, wie unangenehm ihr die Störung ist. – Der Herr Restaurateur grüßt mit halbem Kopfnicken, als wir an ihm vorbeigehen. –

Bei diesem Wirte wundermild – da waren wir das letztemal zu Gaste ...

Gesicht der Woche

Natürlich hat jeder Stand, jeder Beruf, jede Klasse – nicht zuletzt jede Person für jeden Wochentag eine besondere Zu- oder Abneigung. Dem einen ist der Sonntag, dem andern der Freitag sympathisch, jenem der Dienstag gräßlich und diesem der Donnerstag.

Aber die Tage der Woche haben außerhalb der persönlichen Wertung noch ein allgemeines Gesicht, ein bestimmtes Profil, das für tausend – ja Millionen Menschen gleich ist.

Da ist der Montag. Sein Gesicht ist sauer, verkatert, unlustig auf der ganzen Welt. Am Montag früh ist das Aufstehen besonders schwer, seine Morgenstunde hat nicht Gold im Munde, sondern, wie der Volksmund spricht: Blei im Hintern. Scheint die Sonne, so verdrießt uns das, weil wir den schönen Tag an unseren Laden geschmiedet, an unsere Deichsel geschirrt sind, regnet es, so sagen wir gekränkt: das auch noch, wo ohnedies Montag ist! Der Montag ist der Tag der knurrigen Antworten, der kniffligen Vorgesetzten, der grantigen Ehemänner, der Tag der eingetrockneten Tintengläser und verrosteten Handwerkszeuge, der Tag, an dem wir uns mit hundert kleinen Beschäftigungen um die Arbeit drücken wollen, der Tag der Fleischpflanzel und anderer wehmütiger Erinnerungen aus dem Überfluß des Sonntags.

Selten, daß sich jemand am Montag verliebt. Aber wieviel Abschiedsbriefe werden da geschrieben! Der Waschtag ist, und der Vereinskassier holt den Beitrag, der Postbote erhebt eine Nachnahme, der verdammte Backenzahn tut weh und der Kopf und der Bauch. Am Montag sind wir alle wieder Buben, die an der »Schulkrankheit« leiden, aber niemand ist mehr da, der einen Zettel schreibt: »Werter Herr Lehrer! Da mein Kind unwohl ist, kann es leider nicht die Schule besuchen.« Erst gegen Abend kommt der Tag ein bißchen ins Rollen. Unser Gasthaus ist leer, die Montags-Stammtische sind selten. Früh geht alles Geflügel schlafen.

Am Dienstag haben wir uns mit der betrüblichen Tatsache unserer Existenz abgefunden. Wir sind jetzt auf Touren gebracht. Am Dienstag wird geplant und verordnet, da klingen die Stimmen sachlich und unbelegt, da wird angeschafft und ausgeführt und selbst notorische Drückeberger verbringen den Tag damit, einen Organisationsplan für die geplanten Arbeiten der Woche aufzustellen. Mittags gibt es frisches Rindfleisch, gesotten. Am Dienstag zu faulenzen, schafft richtige Gewissensbisse. Der Feierabend gehört dem Buch, der Zeitung, der Bildung, und nur gewohnheitsmäßige Trinker, Liederjane, Herumhocker und Junggesellen pendeln in ihre unterschiedlichen Kneipen.

Der Dienstag ist metallisch, klar, vernünftig, er ist sozusagen der Preuße unter den Wochentagen. Kategorischer Imperativ, verbunden mit strammem Exerziermarsch.

Der Mittwoch ist viel rundlicher, behäbiger, hat sozusagen eine kleine Gipfelrast in sich. Das Arbeitstempo geht ganz leise auf unserem Tachometer zurück, von siebzig Kilometer auf vierzig, auf dreißig. So fährt man auch noch gut. Manche legen schon einen kleinen Nachmittagsbummel ein, einen Schwatz im Kaffeehaus. Der Abend gehört – werte Gattin, ich gehe jetzt seit Sonntag das erstemal aus – dem Stammtisch, der Vereinssitzung, dem Kino, dem Vortragsabend, gehört der Fortsetzung, beziehungsweise Anbahnung gefühlsbetonter Beziehungen zum anderen Geschlecht, ebensoweit weg vom Sonntag, daß das Wiedersehen Freude macht. Mittags gibt es gesottenes Schweinefleisch. Am nächtlichen Heimweg freuen wir uns schon leise auf das »Weekend«: denn der Mittwoch ist ein kleiner Vetter vom Samstag.

Der Donnerstag, im Zeichen der Schlachtschüssel, gehört wieder ganz einer braven, emsigen Arbeitsamkeit. Wir sind im Schuß. Aber anders als der Dienstag ist der Donnerstag schon sanft bestrahlt vom Samstag-Sonntag. Als »Lohn dem Fleiße« duften abends köstliche Leber- und Blutwürste auf dem Tisch. – Einladungen und kleine Festlichkeiten werden nicht ungern auf diesen Tag verlegt, an dem die Gäste wahrscheinlich nichts »vorhaben«, infolgedessen sagen viele ab, weil sie schon eingeladen sind. Der Freitag ist ganz zu Unrecht als Unglückstag verrufen. Ist er doch der Vor-Vortag des Sonntags. Wir sehen wie nach langer Wanderung von weitem schon die Herbergsfahne über dem nächsten Hügel wehen. Das letzte Stück schaffen wir auch noch! Und das beschleunigt unsern Marsch. Müde werden immer mobil, wenn's der Rast zugeht.

Aus der Küche duftet es lieblich nach Schmalzgebackenem und Fisch. Vom Abreißkalender entfernen wir die letzten acht Tage und lesen, was hervorragende Dichter und Denker sich für die einzelnen Wochentage, anschließend an den Küchenzettel, ersonnen und erdacht haben. Wir blättern im Fahrplan und rufen Freunde an wegen eines Wochenend-Projekts. Feiertagsstimmung weht schon am Freitag nachmittag. Der Abend gehört nicht selten dem edlen Tarock- oder Schafkopfspiel.

Der Samstag ist eigentlich der beste. Denn in der Vorfreude ist das Glück am schönsten. Viele Leute singen oder pfeifen an diesem Tag zu ihrer Arbeit, falls dies nicht ausdrücklich verboten ist. Mittags grüßt uns der Kalbsbraten, nachmittags zum Kaffee eine Schlagrahmtorte. Wir schmökern in den neu erschienenen Zeitschriften, wir kaufen ein, wir kriegen frischgebügelte Wäsche ins Haus, wir sind gegen Abend von einer heiteren Emsigkeit, uns für das Vergnügen zu rüsten. Wir sind vor allem voll Erwartung auf etwas Besonderes, auf den Zufall, auf das Schicksal. Samstag ist wie ein kleiner Weihnachtstag.

Dem Sonntag einen Steckbrief zu schreiben, erübrigt sich. Seit seiner Erschaffung ist er in hunderttausend Zungen und Liedern gepriesen als der Hätschelhans unter den Tagen, der Tag, um den sich überhaupt lohnt, die sechs anderen zu leben. Gut! Soll er seine drei Sterne im Lebensbaedeker haben!

Sonntagskinder möchten wir ja alle sein! Und hat's bei uns nicht gereicht, das große Los des Sonntagskindes zu ziehen: nun, so haben wir doch eine kleine Glücksprämie: jede Woche ein Samstagabend-Kind zu sein.

Die Zimmerwirtin

Herr Schieferl, hab i zu eahm gsagt, ich muß Ihnen bitten, daß Sie nicht immer mit de Stiefi auf'n Sofa liegn. Sie sind ein gebildeter Mensch, hab i gsagt, aber mit de dreckatn Stiefi legt sich höchstens eine Wildsau auf a frischhergrichts Sofa. Harn ja de Herrn aa a Freud, wenn 's Sach schö beinand is, net. So hab i 's eahm oft durch die Blume gesagt, aber gnutzt hat's nix.

Stelln S'n nur da her Ihrn Koffer, Herr Doktor, – so, Sie sand koa Doktor, macht nix, Herr Doktor. I raam s' na scho ei, Eahnere siebn Zwetschgn. Mei, früher waar's mir aa net eigfalln, daß i a Zimmer hergib, aber de wirtschaftlichen Zeitn, net, da nimmt ma halt des Kreuz auf sich mit so a'ran Zimmerherrn. Is mir koa Vergnüagn, derfa Sie's glaabn. Aber liaber wia a Freilein is mir allweil no a Herr. – Des ewige Gebritschel und Gekoch in der Wohnung mit so oaner und bald braucht's a warms Wasser und bald an Spiritus und na möchts an Fadn und nacha brauchats d'Maschin – an Herrn derf i halt gar net spürn. I hab ja nur bessere Herrn ghabt. Der Schieferl, no, wenn des mit'n Sofa net vorgfalln waar, i hätt a Aug zuadruckt, weil er mir allweil sei Zigarrnaschn in den Stock von meiner Aurakalie neigstroapft hat. Sehng S', da stehts. Da möcht i Eahna halt bittn, daß auf de Aurakalie aa a bißl obacht gebn. Sie vertragt halt an Rauch so schlecht und a Ruah muaß s' ham, net allweil wegstelln. Sehng S', de Tür vom Kastn braucha S' gar net ganz aufmacha. Da könna S' bequem nei. – Ganz voll hänga S'n ja so net, na hat de Aurakalie ihr Ruah.

Des Bild da möchtn S' weghänga? Des werd si halt schwer macha lassn. – Da waar i Eahna scho dankbar, wenn des bleibat. Weil's halt Gegnstücke san. Des is unser Vetter, a Gschwister Kind von unsern Schwagern. Des is da Geheime Direktionsrat Roglhammer. I taat mir Sündn fürchtn, wenn i den von sein Ehrnplatz überm Sofa wegnemmat. Wia oft hat er da sein Kaffee trunka, und allweil hat er gsagt, Frau Bas, alabonähr, hat er gsagt: Des is a Kaffee! Des is a Kaffee! An solchn hat er bei seiner Frau dahoam net kriagt. De hat an Dauma draufdruckt. Mei, des hätt er leicht ham könna.

Sehng S', da hängt as Gegnstück: des bin i, als junges Mädchen. Täuschend! Net. A bißl ausanand bin i halt ganga. Damals hätt mi der Roglhammer vom Fleck weg gheirat, aber des war a richtiger Doschuan, und nix Gewisses woaß ma net, vielleicht waar i na dagsessn. Sicher is sicher.

Weil ma grad davo redt, Herr Doktor, wegn de Besuche sozusagn. I siech's halt gar net gern, wenns aus und eigeht wia in an Taubnschlag. Mit'n Herrn Schieferl hab i da aa a ernstes Wort redn müassn. Des oane Freilein waar a Patenkind von seiner Schwester gwesn und des ander sei Schwester selber, und a Nichte hat er aa ghabt. Von de Briefe mag i gar net redn. Geht mi nix o! Aber i hab gsagt: Herr Schieferl, wenn Sie nur lauter Damen in der Verwandtschaft ham und glei so vui, na wern ma net alt mitanand.

Is nur, daß ma redt, Herr Doktor. Den Regulator da, den laß i nach Neujahr richtn. Des is a selten schöne Sach. Mei Mo hatn vorm Kriag beim Verbandsfest rauskegelt. War der erschte Preis! Wern S' kaum mehr oan findn, der wo so an gschnitztn Adler hat. Jetzt steht halt as Werk. Werd scho der Herr Schieferl so lang dro gricht ham. Aufs fremde Sach paßt ja koaner auf. Schaugn S' nur de Tischdeckn o! A kostbars Stückl. Der Blüsch is net zum Umbringa, aber glühende Zigarettn halt er doch net aus. Da legn ma a schöns Deckerl drauf, des wo zu de Sofaschoner paßt, nachher ham S' wieder a Freud dro, Herr Doktor. Wenn S' Eahna wirkli amal auf des Sofa hilegn möchtn, i kann's Eahna natürli net verwehrn, kummt ja vor, daß oan amal übel is, oder d' Nerven lassen aus – aber mit der Hiliegerei werds bei an junga Menschn net besser. Wenn si oans amal legt – ma steht um so schwerer auf. I sag halt allweil, a Freid müassn meine Herrn an dem Sach ham ...

Zwischenakt

Kleine Spiegelfechterei

Wenn Spiegel sich bei Gebrauch abnützten wie andere Geräte – es gäbe kein goldeneres Gewerbe als die Spiegelherstellung.

In den Wandelgängen, in der Vorhalle des Theaters aber sind die Spiegel ganz besonders beansprucht; denn wenn der Mensch im Theater auch nicht immer das beste Stück sieht, so hat er doch das beste Stück an. – Theater ist Schaustellung überall. Auch der Besucher spielt sich an so einem Abend ein bißchen was vor, hat beim Wandeln vor Beginn und in den Zwischenakten eine Art Sonntagsgang eingestellt, voller wölbt sich ihm die Brust, kühn, stolz, bedeutend blitzt sein Auge.

Herr Lehmann beispielsweise schreitet wie ein zaghaftes Hühnchen, wenn er um Urlaub nachsuchend das Zimmer seines Chefs betritt. Aber wie von einem englischen Vollblutpferd ist sein Gang, wenn er abends im Zwischenakt (das heißt: in der guten alten »Pause«) das Foyer auf und ab schreitet. Er kann nicht anders, er muß sich da von Zeit zu Zeit einen Blick in den Spiegel gönnen, wie gut sein Sakko die Freikarte in der Tasche trägt.

Daß Frauen von jedwedem Alter und Reiz den Spiegel beanspruchen, braucht nicht bemerkt zu werden. Es ist ihr Naturrecht. Keine Besucherin – deren erster Blick im Theater nicht allsogleich dem Spiegel gilt, spätestens sofort nach Abgabe des Mantels. Frisur, Teint und Kleid werden einer sorgfältigen Prüfung unterzogen, sorgsame Hände tasten am Haar, und jeder vereidigte und gelernte Mannequin könnte an der Drehung und Wendung selbst ehrwürdiger Matronen letzte Feinheiten abgucken.

Daß der Mann weniger vom Spiegel angezogen würde, ist ein falscher Schluß. Freilich hat er nicht die schöne, geradlinige Unbefangenheit der Frau, sich genießerisch zu betrachten. Er ist vor dem Glas ein heimlicher Sünder, er stiehlt sich sozusagen den Genuß seines Ebenbildes im Vorbeigehen, im Daraufhinspazieren, mit einer kleinen Kopfwendung überzeugt er sich, wie gut sein Scheitel gezogen ist, wie ernst und bedeutungsvoll seine Braue im Gesicht steht. Alle Männer haben den Krawattenkomplex. Vor einem Spiegel gehen die Finger der Frau automatisch ans Haar, die des Mannes an die Krawatte.

Es ist, als ob sein Selbstbewußtsein, sein innerer und äußerer Wert, seine Geltung unter den Menschen ausschließlich an diesem Stückchen Tuch oder Seide hingen und ob es richtig geschlungen ist.

Und schließlich ist auch was dran; denn allein noch im Schlips kann sich der Trieb zum Dekor, zum Schönen am Manne schüchtern ausleben. Zu lange schon ist die Herrenkleidung »sachlich«, wiewohl im Naturreich gerade das Manndl das farbenprächtige und schillernde Exemplar ist. Das starke Geschlecht ist im Laufe der Zeit recht bescheiden geworden; das schwächere mußte die Rolle der Lockung übernehmen, daß sich überhaupt noch Herz zu Herze findet.

Ein Auge auf den Schlips sei darum jedem gegönnt, ohne daß er deswegen gleich als Geck angesehen wird.

Einen Blick auf ihren Bauch versäumen namentlich Männer in den sogenannten besten Jahren selten. Und auch hier fügt es eine gütige Natur, daß sich vor dem Spiegel der rundliche Speck reflexartig einzieht, daß für kurze, trügerische Augenblicke Taillen entstehen und die Manneshand mit energischem Ruck die Weste abwärts ziehen kann.

Der Spiegel, an sich ein objektives Glas, wird zwiefach ausgelegt. – Wer mit seinem Bild darin nicht zufrieden ist, gibt selten dem Porträtierten die Schuld. Er erinnert sich, gelesen zu haben, daß Spiegel nie das richtige Bild eines Menschen zeigen, daß sie falsch, verkehrt, ungünstig gehängt sein können, und vergißt, daß gerade der »ungünstig« gehängte Spiegel der wahre, der richtige ist. Zeigt ein galanter Spiegel aber ein freundlich-holdes Bild, so wird die Betrachterin (Betrachter eingeschlossen) nie zu dem Schluß kommen, der Spiegel sei falsch gehängt. Eine Nutzanwendung für den Umgang mit Menschen: will jemand von uns wissen, wie er ist, so seien wir ihm nie ein wahrer Spiegel, ungünstig gehängt. – So einem wird doch nicht geglaubt. – Hängen wir uns (als Spiegel) ein bißchen »günstiger«. Dann gelten wir als famoses Glas und obendrein als ausgezeichneter Menschenkenner.

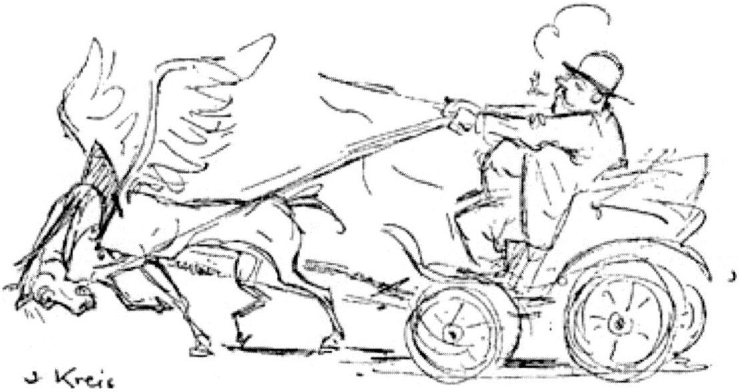

Über tredition

Eigenes Buch veröffentlichen

tredition wurde 2006 in Hamburg gegründet und hat seither mehrere tausend Buchtitel veröffentlicht. Autoren veröffentlichen in wenigen leichten Schritten gedruckte Bücher, e-Books und audio-Books. tredition hat das Ziel, die beste und fairste Veröffentlichungsmöglichkeit für Autoren zu bieten.

tredition wurde mit der Erkenntnis gegründet, dass nur etwa jedes 200. bei Verlagen eingereichte Manuskript veröffentlicht wird. Dabei hat jedes Buch seinen Markt, also seine Leser. tredition sorgt dafür, dass für jedes Buch die Leserschaft auch erreicht wird.

Im einzigartigen Literatur-Netzwerk von tredition bieten zahlreiche Literatur-Partner (das sind Lektoren, Übersetzer, Hörbuchsprecher und Illustratoren) ihre Dienstleistung an, um Manuskripte zu verbessern oder die Vielfalt zu erhöhen. Autoren vereinbaren direkt mit den Literatur-Partnern die Konditionen ihrer Zusammenarbeit und partizipieren gemeinsam am Erfolg des Buches.

Das gesamte Verlagsprogramm von tredition ist bei allen stationären Buchhandlungen und Online-Buchhändlern wie z. B. Amazon erhältlich. e-Books stehen bei den führenden Online-Portalen (z. B. iBookstore von Apple oder Kindle von Amazon) zum Verkauf.

Einfach leicht ein Buch veröffentlichen: **www.tredition.de**

Eigene Buchreihe oder eigenen Verlag gründen

Seit 2009 bietet tredition sein Verlagskonzept auch als sogenanntes "White-Label" an. Das bedeutet, dass andere Unternehmen, Institutionen und Personen risikofrei und unkompliziert selbst zum Herausgeber von Büchern und Buchreihen unter eigener Marke werden können. tredition übernimmt dabei das komplette Herstellungs- und Distributionsrisiko.

Zahlreiche Zeitschriften-, Zeitungs- und Buchverlage, Universitäten, Forschungseinrichtungen u.v.m. nutzen diese Dienstleistung von tredition, um unter eigener Marke ohne Risiko Bücher zu verlegen.

Alle Informationen im Internet: **www.tredition.de/fuer-verlage**

tredition wurde mit mehreren Innovationspreisen ausgezeichnet, u. a. mit dem Webfuture Award und dem Innovationspreis der Buch Digitale.

tredition ist Mitglied im Börsenverein des Deutschen Buchhandels.

Dieses Werk elektronisch lesen

Dieses Werk ist Teil der Gutenberg-DE Edition DVD. Diese enthält das komplette Archiv des Projekt Gutenberg-DE. Die DVD ist im Internet erhältlich auf **http://gutenbergshop.abc.de**